Bortom räddning

Bortom räddning

Ulla Bolinder

© Ulla Bolinder 2023
Omslagsfoto: Pixabay
Förlag: BoD – Books on Demand, Stockholm, Sverige
Tryck: BoD – Books on Demand, Norderstedt, Tyskland
ISBN: 978-91-8027-862-1

FRIDA

Jag är tillbaka där jag började. Det är nästan tjugo år sen jag gick ut Polishögskolan och tillträdde min första tjänst som ordningspolis. Nu är jag utredare och jobbar på hemmaplan igen. Under min tid i Grova brott-gruppen i Stockholm lärde jag mig det mesta om hur en brottsutredning ska gå till, och det har jag nytta av nu. Jag försöker att ligga lite lågt för att inte framstå som skrytsam med mina nyförvärvade kunskaper, och hittills har det inte varit några problem.

Men man blir aldrig fullärd. Det finns alltid ny kunskap att inhämta och ta till sig. Till vår hjälp har vi bland annat handboken PUG, som är polisens metodstöd för utredning av grova våldsbrott. I den kan man punkt för punkt gå igenom allt som man ska, kan och bör göra, både omedelbart efter det att brottet har anmälts och allteftersom utredningen fortskrider. Det finns till och med interna utbildningar för att lära sig innehållet i PUG och hur man jobbar efter den. Utbildningarna har pausats flera gånger, och vissa perioder har alla legat nere, men själv har jag i alla fall gått BUG, baskursen i utredning av grova brott.

Mats och jag har flyttat ihop, och Maja har lämnat sin mormor och morfar och bor med Mats och mig nu. Hon är gammal nog att själv få bestämma vilka hon vill bo med, och hon har valt sin pappa och mig. Hon åker och hälsar på Siw och Lennart ibland, men Mats är fortfarande inte välkommen, trots att Siw vid det här laget borde ha tagit till sig sanningen om Sandras död.

När vi bestämde oss för att flytta ihop bodde Mats fortfarande kvar hos sin bror, och lägenheten som jag hade kändes för liten för oss alla tre, så vi skaffade en ny och större tillsammans. Innan jag tog det avgörande steget var jag lite rädd att jag skulle känna mig instängd och begränsad av ett sammanboende, men så har det som tur var inte blivit. Det känns som att vi är en familj, och nu kan jag inte tänka mig att ha det på annat sätt.

Allt har ordnat sig till det bästa för oss alla tre. Mats är frigiven och har fått tillbaka sin dotter och börjat arbeta som psykiatriker igen, och Maja har fått tillbaka sin pappa och mig som en ny mamma på köpet. Det är i alla fall så hon uttrycker det. Och jag har fått en familj och en tjänst som jag trivs bättre med än den jag hade som IG-polis. Mordutredare tillhör sektionen för grova brott som finns i alla polisregioner. Antingen är man en så kallad polisiär utredare, där baskravet är examen från Polishögskolan, eller så är man en civil utredare och har en annan akademisk examen.

Det är skönt att slippa patrullera. Jag var så trött på drogmissbruk, fylleri och ungdomsbråk. Men brottsutredningar består till stor del av skrivbordsarbete, som att söka i register, analysera teknisk bevisning och skriva protokoll, och det kan bli lite enahanda i längden. Som IG-polis fick jag, i samband med utövandet av mitt ordinarie tjänsteuppdrag, ofta ställa upp som sjukvårdare, rådgivare, psykolog, lärare och livräddare, och den variationen saknar jag. Som en ersättning för den uteblivna kontakten med olika människor i olika situationer har jag startat ett nätforum. Så här presenterar jag det:

"*Fridas fristad* är ett diskussionsforum för dig som vill dela med dig av dina tankar, känslor och upplevelser och komma i kontakt med andra med liknande erfarenheter. Det kan ibland vara viktigt att få berätta och känna att man inte är ensam om att ha det svårt. Eller att bara få skriva av sig.

Fridas fristad är utformat för att vara en säker plats. Allt material behandlas enligt dataskyddsförordningens riktlinjer. Här ska man inte riskera att bli uthängd, diskriminerad eller utsättas för kränkningar. Därför tas alla olämpliga inlägg bort, och användaren får en notis och riskerar att bli avstängd.

Alla inlägg är anonyma. Endast man, kvinna eller båda delarna anges för att skydda identiteten hos användarna. Man kan inte lägga upp bilder, men att länka till externt innehåll går bra."

På jobbet har jag fått överta ett fall från en kollega som har gått i pension. Det gäller ett ouppklarat försvinnande som man misstänker att ett brott kan ligga bakom.

Varje år anmäls cirka tjugofemtusen personer försvunna i Sverige. Majoriteten kommer snabbt till rätta, men cirka fyrahundra personer bedöms vara i livsfara och blir föremål för efterforskning enligt Lagen om skydd mot olyckor. Av dessa hittas tjugofem procent i dåligt skick och elva procent döda.

När en person anmäls försvunnen gör vi omedelbart en bedömning som styr det fortsatta arbetet. Om det finns anledning att tro att den försvunna personen svävar i livsfara eller löper allvarlig hälsorisk klassas ärendet som högprioriterat. Då handlar det om att snabbt inleda en räddningsinsats för att undanröja en farlig situation eller en situation som kan bli farlig längre fram.

Tidsaspekten vid ett försvinnande är viktig. Får vi in ett ärende i tid, och bra ingångsinformation så att vi snabbt kan vidta rätt åtgärder, löser vi det ofta tidigt. Sjuttiofem procent av räddningsinsatserna är avslutade inom sex timmar. Cirka en fjärdedel av våra räddningsinsatser gäller personer som är deprimerade och självmordsbenägna eller lider av demens. Personer som har anmälts försvunna kan delas in i olika grupper. En del har gått vilse och dukat under eller kanske råkat ut för ett akut sjukdomstillstånd eller en olycka i oländig terräng, en del har begått självmord, en del håller sig undan frivilligt, en del är asylsökande som har lämnat Sverige utan att meddela myndigheterna, en del har utsatts för brott och en del är spårlöst försvunna. Majoriteten hittas inom sex månader, levande eller döda, men i genomsnitt trettio personer per år återfinns aldrig. I dagsläget saknas över tusen svenskar fortfarande.

Det är viktigt att försvunna personer hittas. Till en början för att han eller hon kanske behöver hjälp och kan räddas, men senare också för att familjen ska få svar. För anhöriga är ovissheten det värsta. Man vet inte om den saknade är vid liv eller inte, eller hur försvinnandet har gått till. Det är fruktansvärt att leva i ovisshet och inte veta vad som har hänt. Vi har egentligen ingen skyldighet att leta efter försvunna personer som vi tror är döda, men vi gör det ändå för att familjerna ska få ett avslut.

När vi får in en anmälan om en försvunnen person tar vi först reda på om det gäller ett barn eller en äldre eller sjuk individ som är oförmögen att ta hand om sig själv. Vi tar också reda på om anmälaren har försäkrat sig om att den saknade inte befinner sig hos en släkting eller vän, i sommarstugan eller liknande. Vi frågar om han eller hon har försvunnit förut, och om den plats där vederbörande tidigare har hittats har kontrollerats. Vidare ber vi om en redogörelse för i vilket område personen senast sågs och hur omfattande eftersökning som redan har gjorts. Vi upprättar en händelserapport som succesivt fylls på med allt som händer.

Nödvändiga uppgifter som underlättar eftersökningen och identifieringen är personuppgifter som namn, personnummer, adress, telefonnummer och ett signalement som anger ålder, längd, vikt, kroppsbyggnad, hårfärg, hårlängd, frisyr och eventuell skallighet, ögonfärg och andra särskilda kännetecken som till exempel glasögon, proteser, implantat, hörapparater, piercing, tatueringar, saknade lemmar, hälta eller andra särdrag som har med kroppen att göra. När det gäller klädseln frågar vi efter klädernas modell, märke, färg, eventuella revor eller lagningar, eventuell ryggsäck, väska eller portfölj och skodon. Om det är färdmedel med i bilden vill vi veta cykelns, mopedens, motorcykelns, bilens eller båtens märke, färg, modell, registreringsnummer, årsmodell, typ och eventuella särskilda kännetecken. Därutöver behöver vi information om den försvunnas bakgrund, hälsa, sinnestillstånd, vanor, planer, penningmedel och liknande.

Om den försvunna hittas eller självmant kommer hem, ska man genast underrätta polisen. Det ska man göra till samma ställe som tog emot anmälan om försvinnandet, det vill säga antingen till polisinrättningen eller till nödnumret.

Ibland tänker jag på hur det skulle vara om Maja försvann. Mats och jag har noga inpräntat i henne att hon på inga villkor får följa med personer som hon inte känner, oavsett kön, ålder eller påstådd angelägenhetsgrad. Hon måste alltid ringa när hon är ute med kompisar och alltid höra av sig om hon blir sen. Hon får gärna sova över hos kompisar, men hon måste ringa och tala om var och med vilka hon är, så att vi alltid vet det.

Fallet vi har tagit upp till granskning igen gäller en trettiosjuårig kvinna som i oktober förra året försvann från en sommarstuga i samband med en födelsedagsfest. Inledningsvis letade över hundra personer efter henne i två dygn utan att hitta några spår. Det kom inte heller in några konkreta, avgörande tips om var hon kunde befinna sig. Polis, militär, Missing People, hundar och helikopter sökte intensivt men utan resultat. Vi gjorde flera mobilpositioneringar som visade att hennes mobiltelefon hade varit påslagen under kvällen fram till klockan 23.53, då den befann sig i området runt Johannas stuga, men efter den tidpunkten fanns det ingen signal, vilket tydde på att mobilen hade stängts av. Det fanns heller ingen aktivitet på hennes kontokort och inga tecken på att hon hade tagit ut en större summa pengar innan hon försvann.

Jag har pratat med en kollega som var med från början.

Det första vi gjorde vid Linnea Almkvists försvinnande var att som vanligt försöka skaffa oss ett bra underlag. Vi frågade anmälaren exakt var och när hon senast hade setts, vilka kläder hon bar vid tillfället, och om deras lämplighet i förhållande till väderleken. Vi frågade om hon var frisk eller sjuk och om hon kunde ha försvunnit frivilligt. Vi försökte skapa oss en bild av hur angeläget det var. Räddningstjänstdelen drar ju bara igång direkt om det är fara för livet. Men så bedömdes det inte vara i hennes fall. Det handlade om en frisk, vuxen kvinna, och det var inte omöjligt att hon hade gett sig av frivilligt och snart skulle dyka upp igen. Omständigheterna kring hennes försvinnande var i mitt tycke lite märkliga, men eftersökningen i skogsområdet kom inte igång förrän ett par dagar senare. Veckan därpå, när bevissäkringen i sökområdet var klar, kopplades Missing People in. När det gäller fall med saknade åldringar eller barn, och man är klar över att det inte finns misstanke om brott, brukar det gå fortare. Om det är små barn som saknas, kollar man först av farliga platser som till exempel vattensamlingar, bäckar och åar i närområdet. Men i Linneas fall antog vi bara var hon kunde finnas och såg till att det fanns tillräckligt med folk som letade samtidigt som vi knackade dörr i det angivna området. Jag var själv med och gjorde det.

Syftet med dörrknackningen var att ta reda på om boende i området hade gjort några iakttagelser av bilar och människor den aktuella kvällen och natten. Själv höll jag förhör med en man som hade gjort vissa iakttagelser. Vi satt vid köksbordet i hans hus, och jag skrev ner det han sa i stolpform. Sen repeterade jag det med honom innan jag skrev ut anteckningarna på stationen. Förhöret med honom pågick i cirka fyrtio minuter. Han pratade om en del annat också, som jag inte antecknade.

Jag hade precis bestämt mig för att säga upp mig och sluta som polis när det där fallet kom. Min pappa var polis, och redan som barn hade jag tanken att jag också skulle bli det. Jag ville ha ett yrke där jag kunde göra skillnad. Jag hade en föreställning om att man som polis träffar många olika sorters människor, skyddar och hjälper. Man förhindrar brott, griper brottslingar och hjälper medborgarna att känna sig trygga och säkra i samhället. Och till en stor del är det väl så, även om tiderna har förändrats.

Jag har ägnat hela mitt yrkesliv åt jobbet som polis, och jag har aldrig ångrat mitt yrkesval. Det är alltid intressant och lärorikt att ha med människor och komplexa situationer att göra. Men det finns många mörka sidor också. Man får se och uppleva saker som folk i allmänhet inte har en aning om. Misären bakom fasaderna. Olyckor, våld och död. Jag har sett människor gå under men också resa sig ur missbruk och elände. Jag har sett kvinnor och barn fara illa, jag har sett våld och själv använt våld för att lösa situationer. Jag har sett hatet mot polisen och blivit hånad och slagen. Jag har skrattat och gråtit, sett sorgen när människor har dött och glädjen när vi har hittat en försvunnen person. Jag har löst många konflikter och brott tillsammans med fantastiska kollegor under min tid som polis.

Men arbetsvillkoren har blivit sämre och sämre. Det handlar inte bara om dålig ingångslön, utebliven löneökning och usel ersättning i form av OB och övertid. Det handlar också om arbetsmiljö, dåliga dataprogram som tar upp en massa onödig tid, bristfällig utrustning och annat. Och vi blir färre och färre poliser, vilket drabbar oss som finns kvar. Nu räddas kärnverksamheten av att det finns många lojala poliser som brinner för sitt jobb. Men allt fler säger upp sig, och nästan varje dag hör jag om kollegor som mår dåligt, blir långtidssjukskrivna och kanske aldrig kommer tillbaka.

Det har anställts fler och fler civila utredare med betydligt högre löner än vi andra har. Nu vill jag direkt säga att många av dessa är fantastiska människor som jag trivts väldigt bra att jobba med. Men som nya i polismyndigheten var deras kompetensnivå noll. Dom visste ingenting om den polisiära verkligheten. Det föll på oss anställda att lära upp dom från grunden, vilket förvisso har gått bra. Men det kännbara är att dom har blivit anställda med tre, fyratusen kronor mer i lön än vad vi som har lärt upp dom har. Det är löner som vi poliser har kämpat för under många år men hela tiden fått höra att det inte finns pengar till.

Under alla år som jag har jobbat som polis har jag har varit med om flera omorganisationer som jag snällt har anpassat mig till. Jag har hela tiden hoppats att vi till slut skulle få en fungerade organisation. Men det har inte blivit ett dugg bättre. Sen den senaste omorganisationen har det tvärtom bara gått utför.

Jag anser att rikspolischefen ska ha kunskap om det dagliga polisarbetet, och till det krävs det en polis som vet vad det handlar om och som har förmågan att stå upp för sin personal och få dom att känna sig sedda, hörda och bekräftade. I början av min karriär kände jag stolthet och glädje över att få utföra mitt jobb, men med brist på uppskattning är det svårt att hålla glädjekänslorna vid liv. Att poliser som kämpar dygnet runt för att verksamheten ska går runt inte värderas högre än vi faktiskt gör, får mig att bli både ledsen och förbannad.

Jag hade alltså bestämt mig för att sluta, men så tänkte jag på alla fantastiska kollegor som trots alla svårigheter fortsätter att göra ett fenomenalt jobb där ute, och då kände jag att det trots allt är där mitt polishjärta finns, och alltid kommer att finnas, och att det inte var rätt av mig att ge upp.

– Varför blev du polis, Frida?

– Jag tror att det berodde på att jag försökte hjälpa min lillebror när han var liten, när hans pappa var dum mot honom, och att jag läste beteendevetenskap på universitetet efter gymnasiet. Sen visste jag inte riktigt vad jag ville jobba med, men så kom jag att tänka på polisyrket och sökte till Polishögskolan. En polis ska ju vara intresserad av människor och vilja hjälpa andra.

– Var det svårt att komma in?

– Ja, det krävs ganska mycket för att man ska bli antagen. Man måste vara både fysiskt och psykiskt stark. Utrustningen som en polis bär med sig under ett arbetspass väger över tio kilo, och det kan vara jobbigt om man till exempel måste springa eller övermanna en person som är våldsam och gör motstånd. Man måste ha bra kondition för att orka springa fort och simma långt och utföra livräddning. Man ska också vara frisk och inte för tjock och ha bra syn och hörsel. Förutom fysisk styrka ska man ha hög moral, vara emot droger, kunna samarbeta med andra och hantera konflikter. Plus en massa andra passande egenskaper som jag inte kommer på just nu.

– Tror du att jag skulle kunna bli polis?

– Ja, det är klart du skulle kunna. Funderar du på det?

– Ibland.

EVERT HAMRIN

När jag inte kan sova brukar jag få tiden att gå genom att sätta mig vid köksbordet i mörkret och röka en pipa. Det lugnar, tycker jag. Och när jag sitter där ser jag samtidigt vägen och bilarna som far förbi. På nätterna är det bara några enstaka som kommer.

Den där natten satt jag uppe vid två tillfällen. Dels ett tag runt midnatt, dels mellan två och tre. Före tolv kom det först en bil som körde söderut i normal fart. En bra stund senare kom det en som for förbi fortare åt motsatt håll. Den måste ha stannat och vänt, för snart susade den förbi igen. Det var en Audi. Jag har haft en sån själv, så den tog jag inte miste på. Att jag såg vilket bilmärke det var berodde på att månen kom fram just då. Den bilen kom från Almkvists håll, vände och körde tillbaka. Hade väl kört fel kanske. Den första bilen såg jag bara lysena på innan den försvann runt kröken före Almkvists stuga femhundra meter bort. Det är dottern som nyttjar stugan nu, och henne är jag inte närmare bekant med, men föräldrarna har jag känt i många år.

Ja, sen var det bilen mellan två och tre då, som kom körande först i riktning mot stan och sen tillbaka igen. Jag kunde inte avgöra vad dom höll på med, men jag antog att dom var ute och letade efter nånting eftersom dom körde så sakta. Vilket märke det var på den bilen såg jag inte heller, för då hade månen gått i moln.

Området där jag har min stuga har alltid varit glesbebyggt och lantligt, men nu har dom smällt upp två lyxkåkar mitt i allihop. Det stör helhetsbilden och ger området en helt annan karaktär. Folk är så jävla egoistiska och bortskämda nu för tiden och ska bara roffa åt sig och förstöra.

Annat var det förr. När jag var barn hade vi alltid mat för dagen. Vi bodde i en bra hyreslägenhet och hade bil men ingen båt eller sommarstuga. När vi åkte på semester blev det bilsemester i Sverige och inget flygande till andra länder. Idag tycks det vara synd om folk som inte får eller har råd att flyga över hela jordklotet. Idag verkar det också vara helt självklart för vissa att ha två bostäder – en i Sverige och en i ett varmare land, och jag har hört folk sucka över att man kanske inte kan ha råd med det längre.

Många bor i lyxvillor eller dyra våningar. För att inte tala om all annan lyxkonsumtion som bara tas för given. Vi har levt på krita under lång tid nu, genom ständigt ökande skulder till banker, till miljön, till klimatet, till kommande generationer. Så hur vore det om vi började rätta munnen efter matsäcken igen? Livet behöver inte bli sämre bara för att vi lär oss skilja på behov och begär. Tvärtom, men hur många begriper det?

Sverige har fyra gånger fler dollarmiljardärer per capita än USA. Mer än tio gånger så många som oligarklandet Ryssland. Bara fem länder har fler än Sverige. Sverige har – oavsett regering – blivit ett paradis för alla superrika som slipper arvsskatt, förmögenhetsskatt och gåvoskatt.

Alla som kan arbeta ska arbeta, sägs det, och det gäller även sjuka och lytta, men inte gruppen som lever på kapital och där bildning, kompetens och arbetsförmåga betyder väldigt lite i relation till pappas eller mammas förmögenhet. Dom som har mycket pengar att spendera och har råd att flyga och lyxkonsumera hyllas som ansvarsfulla ekonomiska medborgare, medan dom som inte har råd betraktas som svaga och underlägsna, fast det är just minskad konsumtion som planeten behöver. Det pågår ett extremt slöseri för att ekonomin och handeln ska växa. Folk uppmuntras hela tiden att kassera och köpa nytt. Och alla verkar gilla den politiken trots att den förstör miljön rekordsnabbt och den psykiska ohälsan bland folk är större än nånsin.

Fram till rätt nyligen var Sverige en internationell framgångssaga. Vi hade gått från Europas fattigaste land vid slutet av 1800-talet till det tredje rikaste i världen hundra år senare. Nu befinner vi oss på det sluttande planet som nation men låtsas att allt är frid och fröjd för att dölja att nästan allt i svensk politik styrs av maktlystnad och hårdnackad dumhet. Sveriges stora ekonomiska och sociala framgångar under förra seklet berodde på att landet satte sin lit till folkets allmänt utbredda goda värderingar såsom flit, samarbetsvilja, disciplin, ansvarskänsla, kunskapstörst, förnöjsamhet, sparsamhet, anspråkslöshet och annat. Så är det inte längre. Och vi har inte bättre politiker än vi förtjänar. Förut hade vi ragatan Andersson och satmaran Hallengren, nu har vi den flinande fjanten Kristersson och nassen Åkesson, och det är så folk vill ha det. Men det är den sämsta jävla regering vi nånsin har haft i det här landet.

För några år sen var äldrevården viktigast av allt. Det var under pandemin. Idag diskuterar varken politikerna eller allmänheten äldrevården längre, och några förbättringar har det inte blivit. Jag har min fru där, så jag vet vad jag pratar om.

För två år sedan var hon fortfarande någorlunda skaplig. Det gick att kommunicera med henne och hon kunde äta och dricka själv och ta sig fram med rollator. Men med tiden har hennes inre organ förstörts genom en långsam förgiftning med daglig Alvedon, som hennes läkare har ordinerat. Nu går det knappt att få kontakt med henne. Hennes hjärna

17

har blivit så skadad av pillren att den har skrumpnat ihop. Hon behöver hjälp med i stort sett allting. Hennes fysik är så dålig att hon knappt kan ta sig ut till dagrummet med rollatorn ens. Men hon håller modet uppe och visar inte så mycket utåt av sitt inre lidande. Hon verkar ganska tillfreds med sin situation och sitt tillstånd, vilket kanske beror på att hon, med sin förstörda hjärna, inte inser själv hur illa det är.

Själv tycker jag att det är jävligt tragiskt att se henne, och alla dom andra på boendet, som mer eller mindre fort bryts ner av alla så kallade läkemedel som dom proppas fulla med. Förr i tiden visste man att all läkande kraft finns i naturen, och man lärde sig att använda den på rätt sätt. Visade vördnad och respekt för växtligheten och tog bara det man behövde för sitt uppehälle och lät resten vara kvar. På så vis upprätthölls den naturliga balansen.

Syntetiska läkemedel har funnits i drygt hundra år och har tagit över stora delar av den naturliga folkmedicinen som har existerat sedan tidernas begynnelse. Resultatet har enligt officiella källor blivit att läkemedelsmissbruk är den tredje största dödsorsaken i Europa och USA vid normal förskrivning av läkare.

Det är för jävligt rent ut sagt. Människor som har arbetat och gjort rätt för sig i hela sitt liv borde ju få det bra i livets slutskede, men istället blir det precis tvärtom. Dom gamla och svaga får giftiga piller och dödliga injektioner och ren bukfylla till mat, när dom istället borde få läkande örter och ekologisk och näringsrik kost.

Nej, skifta klientel på fängelserna och äldreboendena! Låt åldringarna bo i fängelserna, där dom får gratis tillsyn hela dygnet och raster, utflykter, terapi och lätta, betalda jobb. Dom serveras näringsrik kost, som kostar tio gånger mer än den mat våra barn får i skolan, och det finns teve på rummen och möjlighet att studera och därmed hålla hjärnan i trim. Jag tror säkert att sjukvården är tipptopp också. Och vi anhöriga behöver inte oroa oss för att dom ska gå vilse och ställa till med hyss eller frysa ihjäl i nån snödriva eftersom det finns galler runt byggnaden och personal som alltid ser till så att alla räknas in.

Och låt dom kriminella bo på långvårdsavdelningarna där dom får ligga med sina liggsår i sin egen avföring och får kall, näringsfattig mat, inga pengar och lyset släckt klockan åtta. Det skulle kanske vara ett mer avskräckande straff för vissa av våra brottslingar. För det är väl ändå dom och inte våra äldre som ska straffas?

FRIDA

Vi arbetade aktivt med Linnea Almkvists försvinnande i några månader utifrån flera olika teorier. Det gick inte att utesluta brott, men det fanns inget som direkt tydde på att hon skulle ha blivit utsatt för det. In i det längsta höll vi hoppet om att finna henne vid liv uppe. Men när vi hade gått igenom alla tips och sökområden, och gjort allt annat där det fanns relevanta uppgifter att gå på, kom vi inte längre. Från polisiärt håll gör vi ingenting just nu. Vi har slutat leta. Hon kan ju mot all förmodan hålla sig undan frivilligt. En del som försvinner har valt att gå under jorden och börja leva under annan identitet, vilket är fullt möjligt, men i dagens samhällssystem är det svårt att undgå upptäckt.

Det är ovanligt att spåren bara upphör så att det inte finns några starka ledtrådar att följa, men ibland händer det, och då är det bara att lägga fallet åt sidan så länge och hoppas att nya möjligheter så småningom ska uppenbara sig. Det kan vara taktiskt riktigt att låta svårutredda fall "ligga till sig" och att omprioritera utredningsgruppens resurser. Ärenden som är särskilt svårutredda, och där det inte längre anses försvarligt att lägga ner ytterligare resurser, lämnas till förmån för andra av mer akut karaktär.

I mordfall förekommer det ibland att offrets kropp inte hittas, vilket normalt leder till att mord inte kan bevisas. Men mordärenden och vissa andra grövre brott har sen år 2010 ingen preskriptionstid, så även efter lång tid kan den sortens utredningar alltid återupptas.

Det är alltså drygt ett halvår sen Linnea försvann, och hittills har det inte framkommit några uppgifter som kan leda vidare. Vi har hört hennes anhöriga, vänner och arbetskamrater, kollat sjukhus, bankuttag, resor och ekonomi. Vi har tagit reda på hur hennes samboförhållande var, hur hon mådde, om hon var deprimerad, om hon hade anledning att försvinna frivilligt, om hon hade några ovänner eller om det fanns folk som hon måste hålla sig undan för, men ingenting som kan förklara hennes försvinnande har framkommit.

Initialt fanns det vissa misstankar mot hennes sambo och en man från ett tidigare förhållande och mot en av hennes kvinnliga vänner som befann sig i stugan samma natt som hon försvann, men ingenting var tillräckligt graverande. Alla hördes som uppgiftslämnare och vittnen och längre kom vi inte. Nu ska vi granska omständigheterna på nytt och förhöra några av vittnena ytterligare en gång.

Det passar mig att komma in i ett ärende först när alla grundläggande efterforskningar redan är gjorda. Jag avstår gärna från att hålla förhör i början av en utredning när allt är nytt och man fortfarande inte vet så mycket. Det är lättare att få en samlad bild av ett fall som man läser in sig på i efterhand än av ett som man står mitt uppe i. Men oftast är man ju med redan från början och förhör personer med anknytning till ärendet. Syftet är att få fram korrekt och pålitlig information om händelsen som är under utredning. Informationen som lämnas av den hörde ska alltid prövas mot vad man redan vet eller vad som är rimligt att anta. Det är också viktigt att lyssna med öppet sinne.

Jag har lärt mig att lita på min instinkt. Men man behöver också hitta en logisk förklaring till det inträffade. Av erfarenhet vet jag att en ytterst trovärdig historia kan vara uppdiktad och en helt absurd kan vara sann. Om en man står böjd över en död kropp med en blodig kniv i handen så är han med all sannolikhet mördaren. Det uppenbara är för det mesta också det sanna. Men det kan också förhålla sig på ett sätt som inte verkar det minsta sannolikt. Man får inte genast låsa fast sig vid det som verkar troligast.

– Vad såg du i köket, Maja?
– Pappa med en kniv. Och mamma på golvet.
– Var stod pappa nånstans i köket?
– Bredvid mamma.
– Och då hade han en kniv i handen?
– Mm.

Jag har gått igenom alla inledande förhör som hölls i samband med Linneas försvinnande. Alla är kortfattade och mest till för att klargöra omständigheterna kring själva händelsen. Mer ingående förhör hölls senare. Förhöret med Johanna Berglund hölls av min pensionerade kollega som var handläggare av ärendet från första början.

FÖRHÖR

FL: Det var alltså du, Petra och Linnea som träffades i stugan för att ha en liten födelsedagsfest.

JB: Ja, vi brukar alltid träffas när nån av oss fyller år.

FL: Och vem var det som fyllde den här gången?

JB: Det var jag.

FL: Hur länge har ni varit bekanta, ni tre?

JB: Sen gymnasiet. Vi gick i samma klass i gymnasiet och sen dess har vi upprätthållit kontakten.

FL: Vem av er är det som äger stugan?

JB: Det är jag. Eller mina föräldrar egentligen, men det är bara jag och min sambo som använder den nu för tiden.

FL: Berätta vad som hände under kvällen.

JB: Ja, när vi kom dit hjälptes vi först åt med att göra i ordning. Vi satte på alla elektriska element och tände en brasa i kaminen. Sen dukade vi och värmde maten. Alla hade mat, vin och sprit med sig. Det är så vi brukar göra.

FL: Ni hade ett litet knytkalas, kan man säga.

JB: Ja. Och sen åt och drack vi då och…

FL: Vad drack ni?

JB: Till maten hade vi rödvin, och sen fanns det konjak och whisky för den som ville ha mer senare.

FL: Blev ni berusade?

JB: Ja, men inte stupfulla. Salongsberusade kan man väl säga.

FL: Mm. Och hur fortlöpte kvällen?

JB: Vi skrattade och pratade och hade trevligt. Det var som det brukar.

FL: Inga meningsskiljaktigheter?

JB: Inte mer än vanligt.

FL: Vad menar du med det?

JB: Petra och Linnea blev ofta oense i vissa diskussioner, och så blev det nu också, men inte mer än vanligt.

FL: Hur yttrade sig oenigheten?

JB: Som en upprörd diskussion.

FL: Inga hot eller handgripligheter?

JB: Nej, gud nej. Linnea sprang ut, och Petra for efter, men när dom kom in var dom vänner igen.

FL: Okej. Hur länge varade festen?

JB: Till elva ungefär. Vi var trötta allihop och orkade inte hålla på längre. Vi behövde sova.

FL: Hur hade ni era sovplatser?

JB: Petra och Linnea låg i varsitt rum längst in, och jag sov i soffan i storstugan.

FL: Och ni gick till sängs ungefär samtidigt alla tre?

JB: Ja.

FL: Vad hände sen?

JB: Sen vaknade vi av att det knackade på dörren. Petra och jag vaknade samtidigt och gick dit för att se vem det var. Vi tände lampan på verandan och kikade ut genom fönstret. När vi såg att det var Anton öppnade vi.

FL: Och Anton är alltså Linneas sambo? Ni var bekanta med honom?

JB: Ja, genom Linnea. Inte så att vi umgicks, men vi hade ju träffat honom några gånger.

FL: Mm. Var dörren låst eller olåst när ni öppnade?

JB: Det vet jag inte, för det var Petra som öppnade. Jag tänkte inte på om hon vred om låset eller inte.

FL: Ytterdörren har alltså ett vridlås?

JB: Ja, på insidan. Utifrån måste man använda nyckel. Men dörren kan ju inte ha varit låst eftersom Linnea hade gått ut. Men först visste vi inte att hon var borta.

FL: Hur upptäckte ni det?

JB: När Anton frågade efter henne och jag gick till hennes rum och skulle väcka henne. Då var hon inte där.

FL: Men hon hade legat i sin säng?

JB: Ja, så såg det ut i alla fall. Men hennes kängor och jacka var borta, och tröjan och tightsen som hon sov i, så vi förstod att hon hade gått ut.

FL: Vad sa Anton när han kom?

JB: Att han skulle hämta Linnea. Att det var bestämt i förväg att han skulle hämta henne före klockan ett. Vi tyckte att det var konstigt, för det hade hon inte berättat för oss. Vi tog för givet att hon skulle stanna över natten som vi andra.

FL: Och vad gjorde ni sen?

JB: Började leta efter henne.

FRIDA

Siw har cancer. Det är en aggressiv sort som inte går att hejda. Hon kommer att dö. Det är Lennart som har berättat det för Mats. Jag träffade henne när jag intervjuade henne för min bok om Sandras död, och det var enda gången, så att hon försvinner kommer inte att påverka mig så mycket, men för Maja, som har bott med henne och haft en nära relation till henne i hela sitt liv, kan det bli svårt. Vi har inte talat om för henne än hur illa ställt det är med hennes mormor. Och hur kommer det att gå för Lennart när Siw är borta? Mats och Jesper kommer att hjälpa honom, som tack för det han gjorde under Mats tid i fängelset och för Majas skull, men det finns inte mycket man kan göra för att lindra en annan människas sorg och smärta. Jag tänker på hur det var för mig själv när mamma blev sjuk och dog.

Mamma har slutat äta och dricka. Hon är inte helt vaken längre och medvetandet kommer och går. Jag känner att hon finns kvar, och jag fortsätter att prata med henne trots att hon inte kan svara. Andningen är rosslig och oregelbunden. Hon andas långsammare och långsammare och kommer snart att ta sitt sista andetag.

Om hon bara hade lyssnat på mig och slutat röka i tid hade hon kanske fortfarande varit vid liv. Jag var arg och besviken på henne för att hon misskötte sin hälsa och inte brydde sig om vad det kunde leda till. Jag försökte få henne att inse allvaret, men det hjälpte inte. När hon blev sjuk 53visste jag att hon fick skylla sig själv, och jag hade så svårt att förlåta henne för att hon lät det bli så.

På jobbet fortsätter jag att läsa förhören med Linnea Almkvists vänner för att skapa mig en bild av själva händelseförloppet både före och efter försvinnandet. Det är bra att jag har det klart för mig innan jag själv träffar var och en.

Innan man inleder ett förhör bör man alltid ha god kännedom om alla handlingar i ärendet, till exempel vad alla inblandade har sagt i sina förhör, vilka beslag som har gjorts, vilka utredningsåtgärder som har vidtagits och vad den tekniska undersökningen har gett för resultat.

Förhöret med Petra Ohlander hölls också av min pensionerade kollega.

FÖRHÖR

FL: Du har berättat att du sov och inte hörde när Linnea gick ut.

PO: Ja, så var det.

FL: När upptäckte du att hon var borta?

PO: När Anton kom och knackade på dörren. Eller när Johanna gick för att väcka henne, rättare sagt.

FL: Vem var det som öppnade för honom?

PO: Det var jag. Vi gick bort till dörren båda två, men det var jag som öppnade. Johanna tände lampan på verandan och kikade ut genom fönstret först, och när hon såg att det var Anton öppnade jag.

FL: Mm. Var dörren låst?

PO: Jag trodde det. Men sen blev jag osäker, för det kunde den ju inte ha varit om Linnea hade gått ut. Den måste ha stått olåst sen, för hon hade ju ingen nyckel att låsa med från utsidan. Jag trodde att jag låste upp när Anton kom, men det kan jag ju inte ha gjort. Det är ett vridlås med en knopp som man bara vrider åt sidan när man ska låsa eller låsa upp, och jag tänkte inte på hur jag gjorde.

FL: Okej. Och vad sa Anton när han kom?

PO: Att han skulle hämta Linnea. Vi tyckte att det var konstigt, för det var ju bestämt att alla skulle stanna över natten.

FL: Linnea hade inte ändrat sig då, och ringt till honom under kvällen och bett att få bli hämtad?

PO: Det vet jag inte. Men det var inte så han sa.

FL: Utan?

PO: Att det blev bestämt redan innan hon åkte att han skulle komma och hämta henne senare på kvällen. Eller natten.

FL: Det var inte så då att hon tyckte att stämningen hade blivit obehaglig under kvällen och att det var därför hon ville åka hem?

PO: Det vet jag inte. Men inte enligt honom.

FL: Men det stämmer att det förekom en häftig ordväxling mellan dig och Linnea under kvällen?

PO: Vi diskuterade.

FL: Vad diskuterade ni?

PO: Lite allt möjligt.

FL: Ni diskuterade "lite allt möjligt" och Linnea blev så upprörd att hon rusade ut?

PO: Mm.

FL: Och du följde efter henne?

PO: Mm.

FL: Hotade du henne?

PO: Du fattar inte! Det var bara så där det blev ibland, att vi började tjafsa, men det betydde ingenting.

FL: Det blev ofta bråk mellan er?

PO: Ja, så har det alltid varit.

FL: Men även ofta förekommande bråk kan ju urarta. Särskilt om kontrahenterna är alkoholpåverkade.

PO: Visst. Men så var det inte för oss.

FL: Vad var det ni bråkade om vid det här tillfället då?

PO: Ja, bland annat så fördömde hon mig för att jag flyger. Att jag inte har slutat flyga för klimatets skull. Hon sa att jag inte älskar mina barn om jag inte bryr mig om hur deras framtid kommer att bli. Hon sa att jag är dum och oansvarig och bara tänker på mig själv. Att jag är korkad som inte fattar hur allvarligt läget är att och att hon knappt stod ut med att se mig.

FL: Och hur bemötte du det?

PO: Jag blev ledsen och arg. För så jävla enkelt är det ju inte! Som om allt skulle bli frid och fröjd bara alla slutade flyga! Det är ju inte ens bevisat att klimatförändringarna beror på koldioxidutsläppen. Jag försökte förklara det för henne, men hon ville inte lyssna.

FL: Ni var rejält oense i frågan.

PO: Ja. Så det var det vi diskuterade den kvällen. Men vi brukar ofta bli...

FL: Ja tack, jag förstår.

FRIDA

Petra Ohlander är fortfarande inte avskriven som misstänkt. Det där med dörren, att hon inte märkte om den var låst eller inte när hon skulle öppna för Anton verkar lite märkligt, och grälet med Linnea kan ju ha blossat upp igen senare under natten och lett till handgripligheter som slutade illa. Hon hade sin bil stående på parkeringsplatsen nere vid vägen och skulle rent teoretiskt ha kunnat forsla bort Linneas döda kropp i den och återvänt utan att Johanna hade märkt att hon var borta.

Linnea hade ett konto på Facebook. Jag har granskat det från den närmaste tiden före försvinnandet men inte hittat några uppgifter av intresse för utredningen. Johanna och Petra finns med bland hennes vänner, men båda visar sig ytterst sporadiskt i hennes flöde. Linnea var engagerad i klimatfrågan, och nästan alla diskussioner som hon själv har startat handlar om det.

Linnea Almkvist
Eftersom jag inte accepterar klimatignorans i min bekantskapskrets ber jag nu alla som, trots det extremt allvarliga klimatläget, fortsätter att flyga för sitt höga nöjes skull att ta bort mig som vän på Facebook. Det spelar ingen roll om vi är nära vänner, släkt eller arbetskollegor.

Nils Westling
Vi har bara en planet.

Staffan Holm
Ja, men vi lever som om vi har fyra. Varningsklockorna

dånar, men vad gör vi? Tar vårt ansvar och förändras? Nope. Vi gräver ett djupare hål att gömma oss i. Sticker huvudet i sanden. Blundar. Låtsas som ingenting. Mer rädda för förändringen i sig än för förstörelsen av planeten. Men vi måste försöka. Skapa trygghet i förändringen. Så gott det går. Sprida kunskap. Ge hopp.

Daniela Reimers
De pågående värmeböljorna och skogsbränderna visar på att mänskligheten står inför ett val – "kollektiv handling eller kollektivt självmord" – i och med klimatkrisen, säger FN:s generalsekreterare António Guterres enligt The Guardian.

Kicki Ågren
Jag finner inte ord. Hur kan människor vilja gå mot gemensamt självmord för att slippa ändra livsstil? Det är allvarligare än allvarligt nu. Så många som inte förstår. Eller vill förstå. Och hur kan man vilja förstöra sina barns framtid? Eller vägra erkänna att man gör det. Det är obegripligt.

Anita Lindman
Jag vet de som tror att om de inte kör bil till jobbet eller om de källsorterar så kan de flyga på semester, men tyvärr går det inte att resonera så eftersom man då ignorerar utsläppens proportioner.

Linnea Almkvist
Ingen är perfekt. Men när i övrigt smarta, kloka och samhällsengagerade människor flyger på semesterresor, eller på jobbresor till ställen dit det går att åka tåg, blir jag ledsen. Ledsen över att just dessa kloka människor

inte var så kloka som jag trodde. De kan vara upprörda och agera över förtrycket mot människor och samtidigt blunda för förtrycket av naturen och i slutändan allas vår kollaps.

Daniela Reimers
Men det är väl det som är essensen av kollapsen, att vi inte ser den utan fortsätter som vanligt så länge och så långt det bara går. Om vi såg den tydligare skulle vi agera, men det gör vi inte. Den kommer smygande, och den extremt ojämlika världsordningen där vi i västvärlden sitter på toppen gör ju också att vi är de som sist märker av och påverkas. Under tiden flyger vi glatt vidare.

Max Cervenka
Klokt skrivet. Den paradoxen, att både vara klok och medveten om klimatproblematiken och ändå fortsätta som förut har jag grunnat mycket över. Delar gärna ditt inlägg om du gör det offentligt.

Staffan Holmgren
Kognitiv dissonans, kallas det, tror jag. Som att förfasas över den industriella djurhållningen men samtidigt fortsätta att äta kött som vanligt.

Linnea Almkvist
Flygskammen försvann med pandemin. Nu är det fritt fram att visa upp sitt resande igen. Hur många som smygflyger vet jag inte, men det är dem jag vänder mig till nu med min uppmaning att ta bort mig som vän på Facebook. Det är för sent för artighet.

Kicki Ågren
Jag tar verkligen illa vid mig när jag ser/hör vänner som

gör flygresor. Idag kan det inte finnas någon normalbegåvad människa som har undgått vetskapen om att det är en direkt skadlig handling. I går på jobbfikat: En som nyss varit på Kanarieöarna och en som snart ska åka. Den ene vet vad jag tycker sedan flera år, flyger ändå men undviker att prata om det. Den andra babblar bara på. Båda känner till klimatförändringarna. Just nu mår jag uselt och är så frustrerad över att "vanligt folk" inte fattar hur lätt det är att ändra sitt beteende och hur absolut nödvändigt det är.

Susanne Nilsson

Jag har tappat en hel del vänner p g a att jag för var tydlig angående detta med flyget för 3–4 år sen. De surar fortfarande verkar det som. Nu efter pandemin flyger typ 90 % av min bekantskapskrets igen är mitt intryck. Jag är besviken och känner ett visst förakt men håller för det mesta tyst.

Daniela Reimers

Skam och skuld är underskattat tycker jag. Alla vet att vi måste göra ALLT och göra det NU! Min inställning är att vi måste sluta flyga HELT. Så fort vi börjar säga saker som att bara nöjesresor ska bort, så missar vi målet.

Anita Lindman

Att sätta sina egna flygbehov före mänsklighetens framtid tycker jag är förkastligt. Att vi som svenskar inte kan skippa våra flygresor när människor drivs från sina hemvister för att överleva p g a att det blir för varmt och torrt.

Susanne Nilsson

Detta är svårt tycker jag. Flyget är en klimatkatastrof och

måste avvecklas men det blir ett överdimensionerat konsumentfokus i just denna fråga. Att surfa som vi gör just nu är också katastrofalt.

Anton Brink var sambo med Linnea och det var han som anmälde henne försvunnen. Han har inget konto på Facebook och ingen annanstans heller. På LinkedIn finns han, och på sitt företags hemsida, men inte på Instagram, Twitter, Snapchat, YouTube eller TikTok. Han föredrar tydligen att ligga lågt när det gäller sociala medier. Min pensionerade kollega Lars-Åke Hjort förhörde honom.

FÖRHÖR

FL: Av vilken anledning åkte du till stugan där Linnea befann sig den här kvällen och natten?

AB: Vi hade bestämt att jag skulle hämta henne.

FL: Ni hade bestämt det tillsammans innan hon åkte?

AB: Ja, precis.

FL: Av vilken anledning ville hon bli hämtad?

AB: Hon var rädd att det skulle bli diskussioner och bråk med Petra så att hon inte skulle få sova.

FL: Vad trodde hon att det skulle bli bråk om?

AB: Vad som helst. Det brukar ofta bli så när båda dricker. Det har jag själv sett prov på flera gånger.

FL: Det var alltså därför Linnea ville att du skulle komma och hämta henne?

AB: Ja, precis.

FL: Hade ni bestämt en tid också?

AB: Ja, hon ville att jag skulle komma senast klockan ett, så att hon skulle komma i säng i tid.

FL: Okej. Och hur dags var du där?

AB: Strax före ett.

FL: Vad hände sen då?

AB: Jag knackade på och blev insläppt och frågade efter Linnea. Men hon var inte där, och ingen visste vart hon hade tagit i vägen. Johanna och Petra hade inte märkt att hon var försvunnen förrän jag kom.

FL: Så vad gjorde ni?

AB: Vi började leta. Först på tomten med ficklampor, sen i skogen runt stugan och till slut längs vägen. Och vi försökte ringa till henne, men hon svarade inte.

FL: Du säger att du och Linnea hade kommit överens om i förväg att du skulle komma och hämta henne på natten.

AB: Ja.

FL: Men till sina vänner sa hon ingenting om det. Och hon hade tagit med sig saker som tydde på att hon tänkte stanna i stugan över natten. Vad har du att säga om det?

AB: Om hon ändrade sig och ville stanna skulle hon ringa. Det var därför hon tog med sig övernattningsgrejer. Om hon skulle ångra sig. Om det inte skulle bli så bråkigt som hon befarade.

FL: Men hon ringde inte?

AB: Nej, det gjorde hon inte.

FL: Så cirka halv ett åkte du iväg till stugan för att hämta henne.

AB: Precis.

FL: Hade du din mobiltelefon med dig?

AB: Nej, den hade jag på laddning, så den lämnade jag hemma.

FL: Okej.

AB: Jag hade lite dåligt samvete för att jag åkte ifrån den, för Linnea är alltid så noga med brandsäkerheten och tycker att man aldrig ska lämna några elektriska prylar utan uppsikt. Men vi skulle ju snart vara hemma igen, tänkte jag.

FL: Mm.

AB: Jag förstår inte var hon kan vara. Jag vet ju att hon har varit lite nere på grund av sitt ex, men...

FL: Vad tänker du på då?

AB: Ja, att han inte har lämnat henne ifred efter separationen.

FL: Hur länge sen är det?

AB: Ett par år. Men han har fortsatt att försöka få kontakt med henne på olika sätt. Det har gått i perioder men aldrig upphört helt.

FL: Vilka uttryck har det tagit sig?

AB: Han har ringt, mejlat, skickat sms... Dykt upp utanför hennes jobb utan anledning, suttit i bilen och väntat, försökt få henne att följa med i bilen...

FL: Och hur har hon reagerat på det?

AB: Hon har blivit arg och ledsen. Känt sig jagad och kontrollerad.

FL: Har det förekommit några hot mot henne från den här mannens sida?

AB: Det vet jag inte. Hon har inte velat berätta. Och allt han skickar raderar hon och låter mig inte läsa.

FL: Har hon visat tecken på att vara rädd för honom då?

AB: Ja, det tror jag att hon är, fast hon inte har velat erkänna det. Han var ju ganska aggressiv under deras förhållande har jag förstått.

FL: Vad menar du med aggressiv?

AB: Att han hade hetsigt humör.

FL: Misshandlade han henne?

AB: Kanske. Men hon har aldrig sagt det rent ut. Det är bara ett intryck jag har fått.

FL: Att han misshandlade henne.

AB: Mm.

FL: Och att han har fortsatt att förfölja henne har gjort henne nedstämd och rädd.

AB: Precis.

FL: Så pass nere att du misstänker att det kan ha med hennes försvinnande att göra?

AB: Att hon har tagit livet av sig, menar du?

FL: Ja.

AB: Jag vet inte vad jag ska tro.

FL: Har hon pratat med dig om det? Att hon har funderat på självmord?

AB: Inte direkt. Har hon problem väljer hon alltid att behålla det för sig själv och försöker lösa det på egen hand. Det är så hon är, bara. Ingen får veta.

FL: Okej. Och vad heter han, den här mannen som trakasserade henne?

AB: Tobias Sjölund.

Det känns lite ologiskt att Linnea skulle ringa till Anton om hon ville stanna i stugan med sina vänner över natten istället för att ringa om hon ville åka hem. Varför detta bakvända arrangemang? Och han kommer med överflödig info om att han hade mobilen på laddning och antydningar om hennes känslotillstånd och om hennes ex. Man kan fråga sig vad som ligger bakom.

Jag läser Hjorts förhör med Tobias Sjölund.

FÖRHÖR

FL: Var befann du dig den här kvällen och natten?

TS: Jag var hemma.

FL: Vad hade du för dig?

TS: Jag tog en dusch, käkade middag, kollade på en film och slaggade.

FL: Inga sociala aktiviteter?

TS: Nej, inte den kvällen.

FL: Men annars brukar det vara full rulle?

TS: Ibland.

FL: Varför inte den här kvällen då?

TS: Jag var trött.

FL: Varför var du trött?

TS: Ansträngande arbetsvecka.

FL: Vad jobbar du med?

TS: VVS.

FL: Är du egen företagare, eller...?

TS: Nej, inte i nuläget.

FL: Men du funderar på att bli det?

TS: Kanske det.

FL: Berätta om Linnea.

TS: Varför det? Vi är inte ihop längre.

FL: Hur länge var ni ihop då?

TS: Ett par år.

FL: Varför tog det slut?

TS: Vi tröttnade.

FL: Vem var det som tröttnade först?

TS: Vi var överens.

FL: Det var ni? Det var inte så då att det var hon som tröttnade på grund av ditt aggressiva beteende?

TS: Inte vad jag vet.

FL: Men du medger att du betedde dig aggressivt mot henne ibland?

TS: Jag beter mig aggressivt mot alla när det finns anledning.

FL: På vilket sätt gav Linnea dig anledning?

TS: På alla möjliga sätt. Hon kunde vara rätt provocerande när hon satte den sidan till.

FL: Kan du ge några exempel?

TS: Nope.

FL: Och på vilket sätt har hon varit provocerande mot dig dom senaste åren?

TS: Va? Jag fattar inte vafan du snackar om.

FL: Jag snackar om ditt beteende mot henne nu när ni inte är ihop längre.

TS: Vilket jävla beteende?

FL: Att du trakasserar henne på olika sätt. Förföljer henne. Inte låter henne vara ifred.

TS: Nu är du fan ute och cyklar. Hon är ett avslutat kapitel för min del.

FL: Så det har du inte gjort?

TS: Så det har jag inte gjort, nej.

FL: Och hur är det nu då? Har du påbörjat ett nytt kapitel med nån annan nu?

TS: Nej, just nu har jag ingen bok på gång.

FL: Du är alltså singel?

TS: Ja, det är rätt uppfattat.

FL: Du var hemma hela kvällen och natten när Linnea försvann, säger du. Finns det nån som kan intyga det?

TS: Nej.

FL: Vilken sorts bil har du?

TS: En Audi.

FL: Färg?

TS: Vit.

FL: Och den var du inte ute och körde med den här kvällen och natten?

TS: Nej.

FL: Och du hade inte lånat ut den till nån?

TS: Nej.

FL: Var hade du den parkerad?

TS: På bostadsparkeringen.

FL: Och där stod den hela kvällen och natten?

TS: Ja, där stod den.

FL: Nu är det så att en av dina grannar råkade lägga märke till att den inte var på plats hela natten. Vad har du att säga om det?

TS: Ingenting.

FL: Du har ingen förklaring?

TS: Nej. Påstår han det, så får det stå för honom.

FL: Du menar att han ljuger?

TS: Ljuger eller tar fel på dag.

Defensiv hållning, korthuggna svar, klart samarbetsovillig, ljuger om bilen. Och hur troligt är det att en relativt ung, ensamstående kille som han stannar hemma och sover en fredagskväll?

Jag ringde upp grannen.

Den kvällen och natten hörde jag inte ett ljud från hans lägenhet. Vid midnatt när jag gick ut för att hämta en grej i bilen såg jag att hans Audi inte stod på parkeringen, så jag antog att han inte var hemma. Att jag gick ut så sent berodde på att jag hade svårt att sova på grund av klådan jag har. Annars brukar det vara full rulle i hans lägenhet på helgerna. Han har ofta fester och spelar hög musik på nätterna, och då är det både dunsar och skrik och folk som står och spyr utanför porten. Dom kan dra igång bråk klockan tre på natten och släpa runt möbler och fan vet allt. Jag brukar banka i väggen för att få tyst på dom, men jag drar mig för att gå dit, för en gång när jag gjorde det blev han skitförbannad och började hota mig. Han sa att jag var en gringubbe utan eget liv och att jag skulle passa mig jävligt noga.

Den som inte visar hänsyn är en egoistisk skitstövel som man gör bäst i att ha så lite som möjligt att göra med. Normalt och vettigt folk stör inte sina grannar, men den där jäveln skulle jag mer än gärna förpesta tillvaron för eftersom han förpestar min. Han vet inget om mig, men han slår på en som redan ligger.

För åtta år sen fick jag en besvärlig klåda som läkarna inte begrep sig på och därför inte tog på allvar. Jag sökte vård om och om igen för symtomen men blev aldrig fysiskt undersökt. Läkarna bara glodde på mig och frågade om jag mådde psykiskt dåligt. Efter en lång kamp fick jag till slut en behandling som en läkare sa skulle hjälpa. Istället blev det sju gånger värre. Det kliade så jag trodde jag skulle bli tokig. Jag bad människor om hjälp men ingen kunde hjälpa. Gå till doktorn fick jag höra, vilket jag ju gjorde om och om igen tills dom vägrade att ta emot mig mer. Jag bytte vårdcentral fem gånger. Samtidigt gick jag till massor av privata hudläkare som bara pumpade mig på pengar och inte lyssnade. Jag fick ingen hjälp, och det kommer jag aldrig att få så länge mina besvär inte erkänns. Antingen viftar vården bara bort problemet och klassar det som nervsmärta, eller också kallar dom mig inbillningssjuk och störd. Jag har gjort skrivelser via patientnämnden till berörda vårdinstanser, men jag har inte fått svar, och till slut skrevs det in i journalen att jag är psykiskt sjuk, att jag har vanföreställningar om hudproblem och fan vet allt. Jag har klassats som schizofren utan att minsta utredning av mitt mentala tillstånd har gjorts. Genom allt detta har jag blivit isolerad och förlorat jobb, vänner, fru och barn. Jag äter antihistamin och värktabletter och lever isolerad på mitt sparkapital. Om jag proppar i mig värktabletter och antihistaminer kan jag fungera hjälpligt, för klådan och smärtan minskar då, men jag mår jävligt dåligt av att inte ha blivit tagen på allvar. Jag har blivit förlöjligad, diskriminerad och grovt kränkt av vården som, förutom att den inte har kunnat bota mig fysiskt, rent mentalt har mobbat och knäckt mig.

FRIDA

Jag har fått ett mejl från Carinas mamma.

"Hej Frida, hoppas allt är bra med dig. Moa har berättat att du inte arbetar i Stockholm längre utan är tillbaka här i stan, och det är både hon och jag glada för.

Att jag skriver till dig nu beror på att jag vill berätta att Pernilla har träffat en man som hon och barnen har flyttat ihop med. Det gör att jag inte känner mig lika rädd för längre att Kristoffer ska dyka upp och ställa till det för henne. Henrik vet vad som hände med Carina och att barnen är hennes och att Kristoffer är pappa till Robin. Han är beredd att ta hand om båda två och skydda dom mot Kristoffer om det skulle behövas. Det känns tryggt för mig att veta att Pernilla får stöd och hjälp av honom, särskilt som han är stor och stark och fullt kapabel att försvara sig själv och sin familj.

Jag vill också passa på att tacka för att du har bevarat min hemlighet. Det antar jag i alla fall att du har gjort eftersom polisen inte har hört av sig till mig. Det är en stor lättnad för mig att slippa bära på det helt ensam, och jag hoppas att det inte känns alltför betungande för dig att dela min börda. Mvh, Christina"

Jag har svarat och försäkrat henne att det inte tynger mig att hon berättade sanningen för mig. Jag förstår varför hon gjorde det hon gjorde, och jag kommer inte att svika hennes förtroende. Det skulle ingen tjäna på. Ett straff är menat att avskräcka, skydda andra, förhindra nya brott, gottgöra oförrätter och kanske ge brottsoffer och anhöriga upprättelse, och inget av det är tillämpligt i hennes fall.

På jobbet fortsätter vi att granska omständigheterna kring Linnea Almkvists försvinnande. Jag kan inte ägna all min tid åt det, men jag gör så mycket jag hinner. Jag har träffat Johanna Berglund, som alltså är trettiosju år och arbetar som bibliotekarie. Hon verkade ha ett behov av att prata om det som hände vid sommarstugan och gav ett öppet och ärligt intryck.

Vi åkte till sommarstugan alla tre för att fira min födelsedag. Det var jag, Petra och Linnea. Stugan tillhör egentligen mina föräldrar, men det är bara jag och min sambo som använder den nu för tiden. Vi åkte dit tillsammans, i Petras bil. Vi kom dit vid sjutiden och alla skulle stanna över natten.

Petra är gift och har två barn. Hon arbetar som tandhygienist och är intresserad av hälsa och träning. Linnea var studievägledare på universitetet. Hon var ogift och hade inga barn. Innan hon träffade Anton hade hon ganska många kortvariga förhållanden. Alla var mer eller mindre stormiga. Killen hon var ihop med före Anton var väldigt svartsjuk. Han fortsatte att trakassera henne efteråt också. När hon försvann blev han misstänkt för att ha fört bort och dödat henne. Men det fanns inga bevis mot honom.

Linnea fastnade alltid för så labila och opålitliga killar. Kontrollerande och svartsjuka. Anton är den enda som har varit sansad och normal. Jag tyckte så synd om honom när Linnea försvann, för han blev helt förkrossad och kunde inte släppa tankarna på det. Det kunde ingen av oss.

När vi träffades i stugan fyllde jag trettiosju. Petra och Linnea är lika gamla men hade redan fyllt. Då hade vi också träffats och firat. Det var som en tradition vi hade, att träffas på våra respektive födelsedagar. Annars blev det inte så ofta att vi sågs alla tre samtidigt.

Petra och Linnea blev osams och tjafsade lite. Så var det nästan alltid när båda hade druckit. Båda var lite hetsiga och överdrivna i sina reaktioner. Om deras åsikter skilde sig åt i en fråga som båda tyckte var viktig blev det alltid bråk. Det började redan i gymnasiet. När Linnea försvann tänkte jag till och med att Petra kanske hade tappat kontrollen och råkat skada och döda henne. En olycka händer ju så lätt. Om båda gick ut igen när jag hade somnat och fortsatte att bråka ute skulle jag inte ha hört det. Och Petra hade sin bil som jag inte skulle ha hört om hon hade startat och kört iväg med. Den stod nere vid vägen på parkeringen. Hon kunde ha släpat med sig Linnea dit ner och forslat bort henne. Jag visste att det var makabra tankar, och jag trodde egentligen inte på det, men hjärnan vill ju alltid hitta förklaringar, och då kan vad som helst dyka upp.

Jag berättade inte om mina tankar för polisen, för jag ville inte att Petra skulle framstå som aggressiv och kanske bli misstänkt. Det hon säger när hon är berusad och upprörd betyder inget. Det låter mycket värre än det är. Jag bara sa till polisen att Petra och Linnea hade en upprörd diskussion. Och jag visste ju att Petra inte hade skadat Linnea. Det skulle jag ha märkt på henne efteråt i så fall. Men vi blev misstänkta allihop. Jag, Petra, Anton och Tobias. Det var i alla fall så det kändes.

Det första vi trodde när vi upptäckte att hon var borta var att hon var ute på dasset. Men hon var inte där. Då tänkte vi att hon hade gått vilse i skogen. Inte för att vi kunde förstå varför hon skulle ha gett sig iväg ut i skogen i mörkret, men det fanns ju ingen annan förklaring. Det som oroade oss var att hon inte ringde. Hade hon gått vilse skulle hon ju ha ringt. Vi letade efter hennes mobil men hittade den inte, så vi antog att hon hade den med sig. Men var hon skadad kanske det hindrade henne från att ringa. Det var så vi tänkte. Petra och jag ringde till hennes mobil men fick inget svar. Det verkade som att hennes telefon var avstängd. Anton hade ingen telefon med sig, så det var bara vi två som försökte.

Sen ropade och letade vi i skogen. Det var så mörkt inne bland träden att vi snart gav upp. Anton föreslog att han skulle leta längs vägen istället, i sin bil, för att utesluta att hon hade blivit påkörd av en smitare och kanske låg skadad i diket. Han var väldigt orolig och tyckte att vi skulle ringa till polisen på en gång, men Petra avrådde honom. Hon sa att vi måste vänta och se om Linnea skulle ringa eller dyka upp av sig själv först. Att hon gjorde så funderade jag lite på efteråt. Jag tänkte att hon kanske misstänkte att det var hennes bråk med Linnea som hade fått henne att ge sig iväg, och att hon kände sig lite ansvarig för det, men att hon var säker på att Linnea skulle höra av sig så fort hon hade lugnat ner sig.

När Anton sa att han tänkte leta med bilen, bad Petra och jag att få följa med. Vi satte oss på varsin sida i baksätet och höll utkik åt båda hållen medan han långsamt körde fram längs vägen. Jag satt på helspänn och var hela tiden beredd på att få se ett blodigt bylte vid vägkanten. Men Linnea var inte där. Sammanlagt åkte vi säkert en mil fram och tillbaka i båda riktningarna utan att hitta några spår efter henne.

Jag berättade inte för Anton om bråket mellan Linnea och Petra. Troligtvis hade det inget med hennes försvinnande att göra, och det var onödigt att sätta griller i huvudet på honom, tänkte jag. Jag vet inte vad han hade för uppfattning om oss eller vad han trodde hade hänt med Linnea. Jag visste inte vad jag själv trodde. Hennes försvinnande var så obegripligt. Anton sa att han skulle vänta några timmar med att polisanmäla det om hon inte hade kommit hem innan dess. Sen åkte han och lämnade mig och Petra kvar i stugan med all vår oro och alla våra frågor och funderingar.

Dagen därpå kändes det som om det var en viktig sak jag hade missat under kvällen och natten, men jag kom inte på vad det var. Jag har fortfarande inte kommit på det. Så fort jag tänker på det börjar det gnaga i mig av obehag. Vad var det jag såg, hörde, tänkte eller kände som jag inte registrerade tillräckligt medvetet för att lägga på minnet? Jag berättade inte för polisen om den där känslan, för troligtvis var det en helt oviktig sak som inte hade det minsta med Linneas försvinnande att göra. Men undermedvetet finns det kvar, och ligger där och gnager. Jag tänker på det ibland, men hittills har jag inte kommit på vad det är.

FRIDA

Siw blir tröttare och svagare för varje dag som går. Hon äter dåligt och går ner i vikt. Hon får mediciner mot smärtan och blir trött av det också. Cytostatikan gör ingen nytta längre. Lennart har ordnat hemsjukvård åt henne men vill helst att hon ska vara på sjukhuset den allra sista tiden. Han har kontakt med Mats och håller oss underrättade om hennes tillstånd. Siw vill inte ha några besök. Inte av Maja heller, för att inte skrämma henne, som hon har uttryckt det.

– *Vilken tur att jag inte bor hos mormor och morfar längre.*
  – Hur menar du?
  – Ja, nu när mormor är sjuk och så.
  – Mm.
  – Kommer hon dö?
  – Ja, det kommer hon att göra.
  – Snart?
  – Ja, ganska snart.
  – Då får hon kanske träffa mamma i himlen.
  – Mm.

Jag förundras över att Maja är så lugn och harmonisk med tanke på det som hände när hon var liten. Hon var bara sex år när hon förlorade båda sina föräldrar. Siw och Lennart tog genast hand om henne, men vem hjälpte henne att bearbeta alla känslor? Siw tog avstånd från Mats, och Lennart var tvungen att gå bakom ryggen på henne för att kunna hjälpa Mats att få veta det han ville om Maja. Det var ingen öppen och trygg situation för ett barn att leva i. Hur klarade hon sig? Jag har pratat med Mats om det, och han är lika förundrad som jag och hittar ingen förklaring. Jag hoppas verkligen att det inte är så att hon har stängt in sina känslor och att det kommer att ta sig destruktiva uttryck längre fram, som det gjorde för Fabian.

Jag har träffat Petra Ohlander. Hon gav ett lite mer reserverat intryck än Johanna, men jag fick ingen känsla av att hon visste mer än hon sa och medvetet försökte undanhålla information.

Det är tre rum i Johannas stuga, så vi sov var och en för sig. Behövde Linnea eller jag gå ut måste vi passera genom allrummet där Johanna låg i soffan. Allrummet är närmast ytterdörren alltså. Jag skulle inte ha märkt om Linnea gick ut, vilket hon alltså måste ha gjort. Jag vet inte hur djupt Johanna sov, men själv hörde jag ingenting förrän Anton kom och bankade på dörren och väckte oss. Då var Linnea redan borta. När vi såg att hon inte låg i sin säng trodde vi först att hon var på dasset, men det var hon inte upptäckte vi när vi gick dit.

Anton sa att Linnea hade bett honom komma och hämta henne senast klockan ett, och det var strax före ett han kom. Jag blev jätterädd när jag hörde bankandet på dörren, för stugan ligger ganska ensligt med djup skog runt om, så jag undrade ju vem det var som kom och knackade på mitt i natten. Linnea hade inte sagt nånting om att hon skulle bli hämtad. Jag tyckte att det var konstigt, för hon hade tagit med sig både tandborste och klädombyte, såg jag i hennes väska. Sen tänkte jag att hon kanske hade ångrat sig och ville hem bara för att hon och jag blev lite osams under kvällen. Jag vet inte. Men det var inget allvarligt och vi blev vänner igen innan vi gick och la oss. Jag slocknade på en gång, för jag var ganska berusad, och det var Johanna och Linnea också. Det var därför vi avslutade festen så tidigt som vi gjorde. Klockan var nog inte mer än elva när vi gick till sängs. Det var fredag och alla hade jobbat hela veckan innan, så vi var ganska trötta allihop.

När polisen fick veta att Linnea och jag hade bråkat under kvällen blev jag misstänkt för att ha slagit henne och kanske råkat döda henne. Det var ingen som sa det rakt ut, men jag fick den känslan när jag förhördes. Och min bil skickades på teknisk undersökning, som om det skulle kunna finnas blod från Linnea i den. Att hon hade åkt i min bil så att hennes DNA fanns där på andra sätt visste man ju redan. Senare fick jag veta att polisen hade gjort ett test med en docka också för att ta reda på om en kvinna kunde klara av att baxa in en tung kropp i en bil. Jag antog att det var mig dom tänkte på då, men jag vet inte. Det enda jag vet är att jag somnade efter elva och sov som en stock tills jag vaknade av att Anton kom och knackade på. Vad Johanna och Linnea gjorde medan jag sov vet jag inte, men Johanna sa att hon hade somnat direkt och inte hade hört att Linnea gick ut. Det är möjligt att hon behövde gå ut och kissa, och det kunde hon ha gjort antingen i gräset utanför stugan eller på dasset en bit därifrån. Men varför kom hon inte in igen?

Polisen frågade Johanna och mig om Linnea var deprimerad och kunde ha gett sig av frivilligt för att ta livet av sig, men det var helt uteslutet, sa vi båda två. Hon hade visserligen haft det ganska besvärligt med killen som hon var ihop med före Anton, men det låg flera år tillbaka i tiden, och när hon försvann hade hon varit ihop med Anton i över ett år, och han är inte alls den våldsamma typen. Inte för att jag känner honom så bra, men jag märkte hur orolig han blev då på natten när vi inte visste var hon var. Han ville ringa till polisen på en gång, men jag fick honom att sansa sig lite, så han väntade tills han hade kommit hem och var säker på att Linnea inte skulle dyka upp. Och han var med och letade på tomten och i skogen och längs vägen. När han hade åkt hem gick Johanna och jag ut igen med ficklampa och letade i boden, i vedboden, i källaren och vid komposten, men vi hittade inte minsta spår efter henne. Sen låg vi i våra sängar och kunde inte sova. Det var så konstigt alltihop. Jag blir fortfarande ledsen när jag tänker på att hon är borta och att vi inte vet vad som har hänt. Ju längre tid som går, desto troligare är det att hon inte lever längre. Det är så frustrerande att inte veta. Jag kommer inte att kunna släppa det förrän vi har fått svar.

KATRIN HALVARSEN

Jag har varit polis i åtta år. Antagningsproven var ganska krävande. Den fysiska delen var att klara en hinderbana på tid och springa en sträcka på två kilometer. Tidskravet låg på kanske tio, elva minuter. Vi gjorde ett koordinationstest och ett styrketest. Styrketestet var att släpa en docka som vägde kanske sjuttiofem kilo femton meter. Man skulle också klara av att simma hundrafemtio meter bröstsim och tjugofem meter ryggsim utan armtag och hämta upp en docka från en och en halv meters djup och bogsera den tio meter med dockans ansikte ovanför vattenytan. Alla tre momenten skulle göras i en följd utan uppehåll inom tio minuter.

Fyskraven upprätthölls fortlöpande under utbildningen. Man gjorde test i bänkpress och löpning. När man väl var färdig var det inga ytterligare fysiska prov. I dagsläget går jag och styrketränar en gång i veckan, men jag löptränar inte längre. Jag är alltså ganska normaltränad för en kvinna i min ålder, vilket var ett av kraven inför testet.

Jag fick ett samtal från en kollega som behövde hjälp med att göra ett test med en docka. Dockan skulle släpas eller bäras ett antal meter och sen lyftas in i en bil. Instruktionen jag fick var att klara av det på egen hand. Dockan vägde sextiotre kilo och hade samma form som en människokropp. Jag tog först ett grepp runt livet på den. Sen vek jag upp armarna och tog tag under armhålorna på den bakifrån. Jag fick då större delen av överkroppen på dockan mot mig. Jag lyfte den så att jag hade dockans huvud i brösthöjd på mig själv. Sen lyfte jag och gick bakåt så att den släpade med fötterna i marken. Jag drog den på marken och fram till bilen. Det gick ganska lätt. När dockan skulle in i bilen var det inga problem med att dra upp den rent tyngdmässigt, men det var lite bökigt att baxa in den och få den på plats i baksätet. Större delen av tyngden var i överkroppen, så jag tog tag i den och fick in den på sätet. Sen drog jag från motsatta sidan, i armarna, för att få den i rätt läge. Då fastnade den så att jag fick gå runt och lyfta. Jag drog i armarna, men jag hade också kunnat gå in i bilen och dra i överkroppen.

Förutsättningen med likstelhet fanns inte med i rekonstruktionen.

FRIDA

Jag har pratat med några av Linneas arbetskamrater på Företagsekonomiska institutionen. Ingen hade särskilt mycket att säga om henne, och samtalen gav inget av direkt nytta för utredningen.

Hon gick in för jobbet till hundra procent och var inte så intresserad av den sociala biten. Jag tyckte att hon var trevlig fast lite tillknäppt. Ibland fick jag för mig att hon var ledsen och hade problem, men jag frågade aldrig, för det märktes att hon inte ville prata om sig själv.

Hennes föräldrar var döda, men hon hade en äldre syster som jag tror att hon umgicks med. Jag vet inte så mycket om hennes privatliv, för hon pratade nästan aldrig om det.

Hon var inte gift och hade inga barn, men hon var sambo med en kille som såg trevlig ut. Jag såg honom några gånger när han kom och hämtade henne efter jobbet.

Hon ville ha ordning och reda och ogillade slarv och slöseri. Ibland hetsade hon upp sig när hon tyckte att folk betedde sig dumt eller när saker och ting inte fungerade, men det gick fort över.

Jag tror att hennes förra kille hade svårt att släppa henne, för ett par gånger såg jag honom sitta i bilen här utanför och vänta på henne, fast hon inte ville träffa honom. Hon gick bara förbi, och det märktes att hon blev irriterad av att se honom.

Vi var vänner på Facebook, och det hade vi varit länge, men så plötsligt bad hon alla sina Facebookvänner som inte hade slutat flyga att ta bort henne som vän. Jag vet inte hur många andra som gjorde det, men själv gjorde jag det i alla fall. Hon tyckte att det var en dödssynd att flyga. Men jag tycker faktiskt inte att det är hela världen om man flyger ibland. På det stora hela gör det ju varken till eller från vad jag som enskild individ väljer att göra när det gäller utsläppen.

FRIDAS FRISTAD

Kvinna

Jag är så trött på att höra alla dessa historier om släkt här och släkt där i olika delar av världen som man absolut måste flyga till. Hur gjorde man förut då, när de flesta inte hade råd att flyga, när det var något man gjorde kanske ett par gånger i livet? Hade någon släktingar i en avlägsen världsdel så fick man ju skriva brev. Men sen gick ju allt helt bananas när flyget började hårdsubventioneras. Och en del tror att detta är helt normalt och hållbart. De verkar helt ha förlorat perspektivet.

Kvinna

Ja, det är väldigt mycket "jag och mina behov" som råder, men inte så mycket oro över flygresornas klimatpåverkan. Det är vi andra, och framför allt de unga, som får bära konsekvenserna av att så många sätter sina privata behov före allas bästa. Det verkar som om de tycker att någon annan ska ställa om och avstå från flyg, men inte de själva p g a speciella, personliga skäl. Jag har många familjer i bekantskapskretsen som har släkten på andra sidan jordklotet eller för all del på tågavstånd i Europa ("Men tåget tar ju ett helt dygn!"). Men det håller inte att man MÅSTE flyga till dem. Det man MÅSTE är faktiskt att låta bli att flyga för att inte ta död på folk, isbjörnar och andra arter.

Man

Hur skulle det vara om ni tog reda på fakta innan ni uttalar er? Greenpeace och andra klimataktivister som säger att isbjörnen är på väg att dö ut på grund av smältande isar i Arktis har helt fel. Dom säger att isbjörnen kommer att vara utdöd om drygt hundra år, som om dom har en magisk spåkula som kan se in i framtiden. I själva verket har isbjörnarnas antal ökat från cirka 7 000 för femtio år sen till cirka 40 000 idag. Och faktum är att isarna ökade den senaste vintern i Arktis jämfört med tidigare år, och att Antarktis var kallare under den senaste vintern än under dom senaste femtio åren. Och koldioxidhalten är lägre nu än under mer än nittiofem procent av jordens historia.

Kvinna
Jorden blir varmare och varmare.

Man
Det är bara skrämselpropaganda. Miljöorganisationer som till exempel Greenpeace är bara ute efter att skapa rädsla och skuld hos allmänheten så att folk ska skicka mer pengar till dom. Och journalisterna har slutat rapportera sakligt och blivit aktivister. Många miljöaktivister, som till exempel Greta Thunberg, Al Gore och Leonardo DiCaprio, säger att människan är jordens och naturens fiende och att jorden snart kommer att bli för varm för allt levande på grund av dom fossila bränslena. Ryssland, Kina och Indien utgör fyrtio procent av jordens befolkning, och dom ställer sig inte bakom kampen mot fossila bränslen. Om vi lägger till Brasilien och dom flesta afrikanska länderna är det en majoritet av befolkningen som inte är klimatfanatiker.

Kvinna
Åker inte på charterresor, men om jag har råd så åker jag utomlands tre ggr om året till mina barn och barnbarn. Jag är

egoistisk och vill träffa min familj. Kan tycka att tre gånger om året är alldeles för lite till och med. Tycker man kan sluta flyga inom Sverige som tjänsteperson eller företagare. Möten kan man ha på zoom. Vi i Sverige har inte så stora utsläpp. Tror att syndarna är från länder som t ex Indien, Pakistan, Bangladesh, USA o s v. Såg nyss en dokumentär om just Indiens klimatpåverkan. Deras utsläpp från att färga och göra kläder är fruktansvärt! Jag lever nog mer klimatriktigt än de flesta människor. Med ingen bil, kläder som köpes på secondhand ganska ofta m m. Rika människor kan lätt köpa elcyklar, elbilar och handla ekologiskt, men de glömmer oss låginkomsttagare från socioekonomiska områden. Jag tänker inte sluta flyga förrän det blir billigare att åka tåg. När det går att fixa tågbiljetter till samma pris och snabbtåg så det inte tar för lång tid, för varje minut med min familj är dyrbar. Även mina barn och barnbarn prioriterar mina besök. Det är så familjer som älskar varandra gör. Med kärlek och familj lever jag i nuet.

En del tycker att flyg är stressigt, men för mig är det inte så. Jag checkar inte in utan går rakt igenom. Hoppar av. Går ner i tunnelbanan och är framme relativt fort. Det brukar kosta mig 1800 kr tur och retur till London och Liverpool. Till Valencia kostar det 4000 kr. Som låginkomsttagare som varit ensamstående mamma med fyra barn utan en pappa eller familj som hjälpt oss har jag inga sparpengar. Jag äger en cykel som jag köpte för 300 kr för några veckor sedan. Jag jobbar extra för att kunna hälsa på mina barn och barnbarn.

Man
Du är införstådd med att du riskerar dina barnbarns möjligheter till en dräglig framtid med dina flygresor? Svensken

flyger fem gånger så mycket som den genomsnittlige världsmedborgaren. Vi tillhör en global elit som tar oss friheten att leva över planetens tillgångar. Så "jag är egoist" är inget argument, det är ett slag i ansiktet på alla kommande generationer. Har man inte tiden eller ekonomin att ta tåget får man avstå. Det är faktiskt inte svårare än så. Vi måste leva idag, så att andra kan leva imorgon. Inga undantag gives. Egoismen blir mänsklighetens undergång.

"Syndarna är från länder som t ex Indien, Pakistan, Bangladesh, USA." Det stämmer inte. En indiers klimatpåverkan är bara hälften mot en svensks. Och hur andra gör, gör ju inte DINA utsläpp mindre eller ofarligare.

För att klara klimatmålen kan en svensk släppa ut ca ett ton CO_2. En enda flygresa inom Europa tömmer i princip det kontot på en gång. Med vilken rätt kan man släppa ut mer, när man är medveten om konsekvenserna? Jag begriper inte. Har du/vi inget ansvar mot kommande generationer? Vi vet ju alla vad som händer med klimatet om vi inte agerar nu. Jag anser mig inte ha den moraliska rätten att riskera framtida generationers möjlighet till överlevnad bara för att jag har fått för mig att "I'm worth it". Inte heller du har den moraliska rätten.

Man
Egoisten är gärna ute och rör på sig när billiga resor reas ut i lågsäsong. Egoisten gillar sol och värme och anser rent av att det vore toppen om klimatförändringarna leder till Medelhavsklimat även i Sverige. Folk är helt enkelt för korkade för att förstå allvaret. Bortförklaringarna flödar. Samma människor som håller på med sådant, kommer att bete sig allra sämst när vi når krisnivåer. De kommer att gapa och skrika,

hata och slåss för det de tycker är deras rätt. Måste säga att jag spyr på mänskligheten.

Man

Koncentrationen i atmosfären idag är lägre än den har varit under många tidigare perioder på jorden. Det finns en amerikansk ideell miljöskyddsgrupp som starkt ifrågasätter att koldioxid är kopplat till klimatförändringar. CO_2 är en molekyl som innehåller kol och syre, vilket är grunden för allt liv på jorden. En studie från 2013 visar till exempel att ökade nivåer av koldioxid har lett till en ökning av gröna blad i världens torra regioner under dom senaste 30 åren. Man har gjort satellitobservationer i torra områden i Australien, Nordamerika, Mellanöstern och Afrika och sett en elvaprocentig ökning av gröna blad. Mer koldioxid är bra både för miljön och den mänskliga civilisationen.

Man

Du förnekar alltså det som 97 procent av världens ledande klimatforskare är överens om?

Man

Jorden har kanske blivit lite varmare, men det kan jag inte tycka är en nackdel. Förresten jämför klimatalarmisterna bara med mitten på 1850-talet när det var ovanligt kallt. Dom vill bara diskutera klimatet från 1850 och framåt. Tiden innan kallar dom för den förindustriella tidsåldern, och den är dom inte intresserade av. Den tidsåldern var mer än tre miljarder år. Många klimatförändringar inträffade under den perioden, inklusive istider, växthusåldrar, massdöd på grund av asteroidnedslag och annat som vi inte känner till. Jorden är kallare i dag än vad den var för 250 miljoner år sen. Hur skulle det vara om ni läste på lite? Före 1700-talet var det en liten istid, den lilla istiden, som var väldigt kall och orsakade dåliga skördar och svält. Det var alltså 150 år innan vi började använda fossila bränslen. Sen kom det en värmeperiod igen, som gjorde att vikingarna kunde bedriva jordbruk på Grönland. Under den perioden var det varmare här i Norden än det är nu, och havsnivån var en till två meter högre.

Man

Jorden har funnits i 4,5 miljarder år. Enligt planetens egen klocka anlände människan till jorden för sisådär 1 timme och 17 minuter sen. Människan kommer så småningom att dö ut medan jorden fortsätter att snurra runt solen tills solen, som den stjärna den är, expanderat så mycket att jorden slukas. Så småningom dör även solen, som alla stjärnor gör.

Kvinna

Jag har inte flugit på tre år nu. Och jag köper INTE nya kläder i onödan utan använder de kläder jag har så länge de inte är utnötta, jag renoverar INTE köket eller badrummet bara för att det ska se trendigare ut, jag bygger INTE ut huset för att få mer utrymme än jag behöver, jag reser INTE med flyg för att besöka andra länder. Men att lägga hela ansvaret för klimatarbetet på den enskilda individen är inte rätt väg att gå. Det krävs politiska beslut. Det ska helt enkelt vara lätt att göra klimatsmarta val. Det ska helst inte finnas några alternativ. Och detta bör enligt mig regleras med lagar och förordningar som både myndigheter, företag och gemene man har att rätta sig efter. Tills detta sker fortsätter jag att försöka göra klimatsmarta val i den mån jag orkar. Genom att exempelvis inte flyga. Framför allt gör jag det för att leva som jag lär och för att kunna se mina barn i ögonen. Jag går helt enkelt in för att odla andra intressen än lyxkonsumtion.

Kvinna

Varför gör inte våra makthavare det som krävs för att värna livet på jorden och förhindra ekologisk och social kollaps och att mänskligheten utrotar sig själv? Varför ändrar man inte omedelbart den klimatpolitiska inriktningen? Nej, istället betraktas vi som inser faran som extremister. Det som är extremt är klimatkatastrofens konsekvenser. Det som är extremt är att våra politiker totalt nonchalerar den pågående krisen. Genom att kalla fredliga, djupt oroliga människor för extremister och terrorister legitimerar man också hot och hat mot klimataktivister.

Man

Media, och i synnerhet public service, har en livsviktig uppgift att skapa insikt om det största hotet av alla, nämligen den alltmer eskalerande klimatkatastrofen. Genom att inte ta klimatkrisen på allvar sänder media ut budskapet att läget är under kontroll. Hur skulle det vara om man istället rapporterade om hotet från passiva politiker som eldar på klimatkrisen med enorma subventioner till fossilindustrin? Eller om hotet från samma industri som verkar fast besluten att med berått mod och i full fart ödelägga hela vår civilisation?

Man

All denna klimathysteri som ger våra unga klimatångest och får dom att tro att dom ska dö i förtid! Nu springer barnen runt med megaångest och ingen framtidstro bara för att föräldrarna är korkade mesar som sväljer nyheternas skräckpropaganda. Dom borde ta mig fan skämmas! Mina egna barn som är elva år och äldre är tack och lov kloka nog att inte gå på detta.

Kvinna
I en undersökning tillfrågades tiotusen ungdomar mellan 16 och 25 år i tio länder om sin syn på klimatkrisen.
Mer än hälften svarade "humanity is doomed".
Tre fjärdedelar sa att framtiden var skrämmande.
Femtiofem procent sa att de kommer ha färre möjligheter än sina föräldrar.
Trettionio procent var tveksamma till att skaffa barn på grund av klimatkrisen.
Åsikterna var desamma i rika som fattiga, stora som små länder, som i t ex USA, Storbritannien, Brasilien, Filippinerna, Indien och Nigeria. Ungdomar växlar mellan ilska och förtvivlan inför sin till synes hopplösa situation.

Kvinna
Vi måste börja ställa om. Resor, kost, livsstil. Våra barn förtjänar en framtid och inte mammor och pappor som lever som strutsar med huvudet i sanden. De förtjänar vår kamp och vår vilja att förändras. För deras skull. För allt levande. För en möjlig framtid på jorden.

– Frida?
 – Mm?
 – Visst är det dåligt för klimatet med bensinbilar?
 – Ja, det är det. Köra bil ska man göra så sällan man bara kan.
Allt nöjesåkande får man klara sig utan.

– Men Idas pappa kör bil jättemycket, hit och dit, fast det inte ens behövs. Och han hittar på saker som han och Ida ska göra så att dom måste åka bil jättelångt.

– Det låter inte bra. Om han inte lär henne hur alla måste tänka och göra nu för klimatets skull, och inte föregår med gott exempel själv, så sviker han henne.

– Ja, han bryr sig inte om hennes framtid och lurar henne att vara med på sånt som förstör.

– Vad säger hennes mamma då?

– Det vet jag inte. Dom är skilda. Men hon tycker nog att det är bra, bara Ida få göra roliga saker när hon är hos pappan.

– Då blir hon sviken av båda två då.

– Ja, när dom gör fel fast dom VET att det är fel och lurar henne att göra likadant. Såna ljugiga föräldrar skulle inte jag vilja ha.

– Nej, det kan inte kännas bra.

FRIDA

Samtalen med Linneas arbetskamrater förtydligade kanske bilden av hur hon var som person, men det gav inget av intresse för utredningen.

Jag tror att jag skulle ha gillat henne om jag hade träffat henne. Att döma av det hennes kolleger berättade, verkar det som att hon gjorde ungefär samma intryck på sin närmaste omgivning som jag gör på min ibland. Jag har också svårt att stå ut med slarv och dumhet och är inte heller intresserad av att kallprata. Jag fokuserar på jobbet och på det som behöver göras och inte på den sociala samvaron. Men folk är olika och det får man lov att acceptera.

Jag vill hitta henne. Har hon utsatts för ett brott och är död vill jag få fast den skyldige och ställa honom till svars. Jag vill att rättvisa ska skipas. Det är inte rätt att hennes fall ska förbli olöst och falla i glömska. Det har legat nere länge nog nu.

Det är via anhöriga man får den viktigaste informationen, så det är angeläget att få fram så många uppgifter som möjligt av anmälaren, som i det här fallet är hennes sambo Anton Brink, som jag har haft ett möte med nu. Men man får inte förlita sig enbart på information från den försvunnas partner eller närmast anhöriga. Man måste alltid ha i åtanke att ett brott kan ligga bakom och att sökandet plötsligt kan övergå i en förundersökning, som det ju har gjort i det här fallet.

Innan jag träffade Brink gjorde jag en slagning på honom. Ledbilden visade att han finns i körkortsregistret och att han har pass, men han förekommer varken i misstankeregistret, spaningsregistret eller belastningsregistret. Han har inte ens en fortkörning.

När vi träffades var han prydligt klädd i mörkblå kostym,

ljusblå skjorta och slips. Han var kortvuxen och hade ett öppet, pojkaktigt utseende med mörkt, kortklippt hår och gråblå ögon. En svag doft av rakvatten spred sig i rummet där vi satt. Han verkade inte särskilt sorgsen, men lång tid har gått sen Linnea försvann, och det var svårt att avgöra vad han egentligen kände. Många brukar bli upprörda och visa känslor bara av att tänka på och prata om den som är borta, men så reagerade inte han. Han beskrev vad han kände, men orden åtföljdes inte av några fysiska känslouttryck.

FÖRHÖR

FL: Vad jobbar du med?

AB: Jag är konsult på ett företag som hjälper andra företag att förbättra arbetsmiljön och sättet att arbeta. Vi försöker skapa ett klimat där förändring är en naturlig del av verksamheten och inte upplevs som problematisk.

FL: Vad kan det handla om lite mer konkret?

AB: Inkompetenta chefer, till exempel, som väljer att omge sig med enbart ja-sägare och ryggdunkare. Medarbetarna uppmuntras inte till nytänkande, reflektion, ifrågasättande och självkritik. Den som visar prov på den sortens beteende kan tvärtom motarbetas och bestraffas. Ansvarsfulla medarbetare som har höga krav både på sig själva och på verksamheten, och som protesterar när organisationen under- eller felpresterar, försöker man tysta eller göra sig av med. Man växlar mellan att hota, straffa och nonchalera för att uppnå önskad lydnad och underkastelse. Ibland använder man stora belopp, som är menade att gå till själva verksamheten, för att klämma åt, isolera och frysa ut medarbetare. Man anser sig kunna välja att inte stå till svars för vare sig lagbrott eller oförsvarligt slöseri med skattemedel och mänskliga resurser. Ja, du känner säkert igen det från din egen organisation.

FL: Mm. Trivs du med ditt arbete?

AB: Ja, det gör jag, trots att det kräver mycket av mig. Jag har ofta intensiva arbetsdagar. Arbetet innebär att jag måste använda min kreativitet, och det kräver konstant utveckling både på det praktiska och intellektuella planet, och det tycker jag är givande.

FL: Det blir inte för betungande då?

AB: Inte om man lyckas balansera det på ett bra sätt. Man måste ha mycket energi för att kunna ta in nya perspektiv, och det tycker jag att jag har, men min energi är inte outsinlig, och jag är väl medveten om var mina gränser går. Det skulle vara lätt för mig att ta på mig för mycket eftersom uppdragen är så stimulerande, men det gör jag inte. Mitt mål är att alltid hålla en hög kvalitet i arbetet, och det lyckas jag med tack vare att jag organiserar uppdragen med hänsyn till att det ska finnas tid för reflektion och vila också.

FL: Har du arbetat hela tiden sen Linnea försvann?

AB: Ja, i stort sett. Det avleder tankarna. Att bara gå och vänta när man inte vet vad som har hänt gör att man lätt jagar upp sig och känner sig orolig och stressad.

FL: Mm.

AB: Man går där och känner sig trygg. Man går där och tror att inget ska hända. Men så händer det, och man är helt oförberedd.

FL: Mm.

AB: Från början tänkte jag att det borde vara lätt att spåra henne. Att folk skulle ha sett henne. Att hon snart skulle hittas. Men så blev det inte.

FL: Och vad tänker du nu?

AB: Jag hoppas naturligtvis att hon lever. Men lever hon så lämnade hon mig frivilligt och håller sig undan, och då blir ju frågan varför hon gjorde så.

FL: Och vad tror du att svaret på den frågan är?

AB: Jag vet inte. Jag hittar inget svar. Men jag tänker mycket på det. Ibland tror jag att jag ser henne. På gatan, i affären eller var som helst. Jag letar efter henne i folkmängden och undrar vad som skulle hända om jag verkligen fick syn på henne.

FL: Mm.

AB: Ibland känns det som att folk tror att jag har dödat henne. Grannar, kollegor, bekanta… Ingen säger det rent ut men ibland känns det så.

FL: Mm.

AB: Men jag tänker: Hon kan komma tillbaka. Alla hennes saker är kvar, alla hennes kläder hänger kvar i garderoberna och väntar på henne. Jag vill inte tro att hon är död förrän det är bevisat. Jag vet att det kan ha hänt en olycka. Att hon kan ha blivit utsatt för ett brott. Att hon kan ha begått självmord. Men då borde man ju ha hittat henne.

FL: Och om hon är död? Vad tror du kan ha hänt då?

AB: Att hon har tagit livet av sig. Hon var ju deprimerad. Hon ville inte berätta det för sina vänner, men jag visste att hon hade självmordstankar. Hon dolde det för omgivningen. Det var bara jag som visste det, och hon fick mig att lova att inte föra det vidare, mot att hon i sin tur lovade att säga till om det skulle bli akut.

FL: Om hennes dödslängtan skulle bli akut?

AB: Ja, precis.

FL: Så att du skulle kunna hjälpa henne att hejda sig?

AB: Mm.

FL: Men så blev det inte?

AB: Nej, hon sa ingenting.

FL: Varför har du inte berättat det här tidigare?

AB: För att inte misskreditera henne.

FL: På vilket sätt skulle det kunna misskrediterat henne?

AB: Hon skämdes för sin "svaghet" och ville inte att andra skulle få reda på att hon kände så. Om jag berättade och hon kom tillbaka skulle hon ju ställas inför att alla visste, och den situationen ville jag inte försätta henne i. Och om hon verkligen hade tagit livet av sig så var det ju ändå för sent.

FL: Och varför berättar du det nu?

AB: Därför att jag inte längre tror att hon lever.

FL: Och vad skulle den utlösande faktorn till hennes självmord ha varit, menar du?

AB: Det enda jag vet är att Sjölunds trakasserier höll på att ta knäcken på henne. Den utlösande faktorn kan ha varit vilken bagatell som helst.

FL: Tog du kontakt med Sjölund för att försöka få honom att sluta med trakasserierna?

AB: Ja, det ville jag naturligtvis göra, men Linnea förbjöd mig. Allt skulle bara bli värre då, sa hon. Och hon var rädd att det skulle bli bråk mellan honom och mig.

FL: Tror du att hon kan ha konfronterat honom på egen hand då?

AB: Ja, det är inte omöjligt.

FL: En helt annan sak... Jag förstår inter riktigt det här med att ni bestämde i förväg att du skulle hämta henne vid sommarstugan. Hade inte det enklaste varit att hon bara hade ringt till dig om hon ville bli hämtad?

AB: Jo, kanske det. Men det var så vi bestämde. Hon litade kanske inte riktigt på sig själv och ville ha det bestämt i förväg.

FL: Men till sina vänner sa hon ingenting om att hon skulle bli hämtad.

AB: Hon kanske skämdes för att hon inte ville stanna över natten och hade svårt att stå för det.

FL: Men det skulle ju avslöjas när du kom för att hämta henne?

AB: Ja, men då var ju festen över.

FL: Hon kanske inte litade på sig själv, säger du. Hur menar du då?

AB: Hon visste att hon helst ville tillbringa natten hemma men litade inte riktigt på att hon skulle kunna stå för det inför sina vänner och alltså ringa och be mig komma och hämta henne.

FL: Okej.

AB: Och jag ville ju också att hon skulle komma hem. Med tanke på hur nere hon var för det där med Sjölund så tänkte jag att om hon drack och det dessutom blev bråk med Petra så skulle hon kunna tappa omdömet och kontrollen och göra nåt dumt.

FL: Varför trodde du att det skulle kunna bli bråk med Petra?

AB: Därför att hon hade berättat för mig att det ofta blev så när båda hade druckit.

FL: Är du bekant med Petra?

AB: Nej, jag har bara träffat henne som hastigast några gånger. Men Linnea hade berättat om henne och att det lätt skar sig mellan dom i festsammanhang.

FL: Okej. Du åkte alltså iväg till stugan för att hämta henne.

AB: Ja, precis. Så att jag slapp ligga och oroa mig. Det var kanske egoistiskt tänkt, men jag visste ju att hon inte var riktigt i balans och att vad som helst kunde hända. Sanningen att säga hade jag faktiskt avrått henne från att åka redan från början.

FL: Det hade du.

AB: Ja, jag var som sagt var orolig för henne. Och jag hade ju rätt. När jag kom dit hade det redan hänt.

FRIDA

Det Anton berättade om sitt arbete kände jag igen från mitt eget yrkesliv. För det första kan det vara stor skillnad i arbetsprestation mellan olika polismän. Många tar nästan inga brottsbekämpande initiativ alls. Enligt polislagen är det polisens skyldighet att som det heter "bedriva spaning och utredning ifråga om brott som hör under allmänt åtal". När man till exempel beslutar sig för att inte inleda förundersökning har man inte uppfyllt det kravet. Jag vet fall där brottsutsatta själva har kunnat bidra med så tydliga uppgifter att ärendet i stort sett redan har varit färdigutrett och löst. Antingen för att gärningsmannen hade fångats på film, och att målsäganden till och med visste vem det var, eller vid bedrägerier, där man kunde se till vems konto pengarna hade gått. Det enda polisen behövde göra var att lagföra gärningsmannen – en åtgärd som kräver en minimal arbetsinsats från polisens sida men som ändå inte vidtogs. Det är mycket som inte fungerar som det ska. Men att påpeka bristerna aktar man sig för så fort man har förstått vad det kan leda till. Kritik och ifrågasättanden bemöts ofta med strategin att blåneka och försöka misskreditera den som har framfört kritiken – offentligt men också inför kollegerna. Det har jag varit med om flera gånger.

Anton irriterade mig. När han pratade om annat än sitt jobb kändes han inte ärlig. Han framställde sig själv och sina känslor på ett sätt som inte kändes övertygande. Det var så jag uppfattade det, och jag brukar sällan ta miste.

Och nu var det mer än antydningar. Nu sa han rent ut att han tror att Linnea tog livet av sig. Och omöjligt är det inte. Självmord är ju en vanlig dödsorsak.

Varje år begår nära femtonhundra människor självmord i

Sverige, vilket innebär fyra människoliv om dagen. Det är fyra gånger så många som i trafiken. I åldersgruppen femton till fyrtiofyra är självmord den vanligaste dödsorsaken. Högst självmordsfrekvens har gruppen över åttiofem år. Samtidigt genomförs minst femtontusen självmordsförsök, och ungefär hundrafemtiotusen personer bär på självmordstankar.

Man skulle kunna tro att det är idel losers, det vill säga totalt misslyckade individer, eller gamla och sjuka med obefintliga framtidsutsikter, som tar livet av sig, men självmord är en utväg som används av alla sorters människor. Vem som helst kan när som helst bestämma sig för att hoppa av.

Det största antalet självmordsförsök sker under vårmånaderna och inte under den mörka årstiden som man skulle kunna tro. Och inte nattetid när alla andra sover, utan mellan klockan femton och arton, när man kan räkna med att bli hittad och räddad.

I många fall är det bara slumpen som avgör om ett självmordsförsök lyckas eller inte. Ibland överlever människor som har använt sig av nästan hundraprocentigt säkra självmordsmetoder. Människor som har skjutit sig i hjärtat har överlevt. Människor som har hoppat från extremt höga höjder eller hängt sig i en snara eller kastat sig framför ett tåg har överlevt. Medan andra, som kanske bara försökte halvhjärtat och mest menade det som ett rop på hjälp, har dött ändå på grund av olyckliga omständigheter i samband med handlingen.

Jag har läst på lite och fått veta att den enskilt starkaste riskfaktorn för död när det gäller självmord är att personen ifråga har försökt förut. Näst starkaste riskfaktorn är depression. Alkoholmissbruk, stark ångest, schizofreni och personlighetsstörning med dålig impulskontroll är andra tillstånd med ökad risk för självmord. Andra riskfaktorer är allvarlig sjukdom, ensamhet och brist på sociala kontakter, relationsproblem, förlust av känslomässigt viktiga personer genom separation eller död, förlust av arbete och situationer där personen ifråga upplever en allvarlig kränkning av självkänslan.

Många som tar sitt liv är mer eller mindre påverkade av alkohol i samband med själva handlingen. Berusningen bidrar till att lossa på spärren som ligger mellan att tänka på självmord som en möjlighet och att faktiskt genomföra det.

Jag har pratat med Mats om det också. Han har ju träffat många deprimerade och självmordsbenägna människor i sitt arbete som psykiatriker och har lång erfarenhet av det.

– Majoriteten av alla självmord sker efter en lång process av gradvis stegrad dödslängtan. Att säkert kunna identifiera var i processen en person befinner sig är viktigt för den behandlande läkaren eller terapeuten, men det kan vara bra att man som anhörig eller vän tar reda på det också.

– Hur gör man det då?

– Det finns bara ett sätt, och det är att fråga, och att fråga öppet och tydligt.

– Det är det nog många som drar sig för.

– Ja, för att kunna ta emot svaret måste man ha god självkännedom och ha bearbetat sin egen dödsrädsla och sitt eventuella moraliska avståndstagande.

– Många är ju rädda för att "väcka den björn som sover" också.

– Ja, men all erfarenhet visar att den rädslan är helt obefogad. Att få tala öppet om sina självmordstankar upplevs tvärtom av dom allra flesta som en lättnad och hjälp. Att möta en person som ärligt visar att han är beredd att lyssna och vågar ta emot smärtan, kan vara en stor avlastning.

– Ja, det vet jag av egen erfarenhet. Inte för att jag... ja, du vet. Men det är många som tror att människor som pratar om att ta livet av sig aldrig gör det, och det stämmer väl inte heller?

– Nej, uttalanden av det slaget ska alltid uppfattas som ett rop på hjälp, för faktum är att vid utebliven hjälp går många vidare till handling.

– Att ingenting kan hejda den som väl har bestämt sig för att ta livet av sig är väl också en missuppfattning?

– Ja, till och med den som har en mycket stark dödslängtan har blandade känslor inför döden och pendlar in i det sista mellan att vilja leva och att vilja dö. Det finns ingen som tänker på självmord precis hela tiden. Man ska inte heller tro att smärtan och skammen vid ett självmordsförsök avhåller en människa från att försöka igen. Tvärtom. För den som försöker ta livet av sig är första gången den svåraste. När en människa en gång har överskridit gränsen mellan tanke och handling blir det lättare att försöka en andra eller tredje gång. Forskning visar att av fem personer som verkligen begår självmord, har fyra gjort ett eller flera försök tidigare.

– Mm.

– Man ska inte heller ta för givet att en deprimerad människa som plötsligt tycks må bättre har kommit över sina självmordstankar. Personen ifråga kan verka lugn och avspänd just för att han eller hon har fattat ett definitivt beslut att skrida till verket.

– Mm.

– Det finns också beteenden som egentligen är långsamma självmord. När en knarkare dör av sina droger eller en alkoholist av sin sprit eller en rökare av sina cigaretter eller en fartdåre av sin vårdslöshet i trafiken räknas deras död inte in i den officiella självmordsstatistiken. Men alla har förgjort sig själva, på samma sätt som den som öppet har begått självmord. Det är bara tiden det tar innan döden inträffar som skiljer.

– Ja, det var så Sören, min styvpappa, gjorde. Begick ett långsamt självmord.

– Mm.

– Jag minns när vi hittade honom död på en bänk i parken... Då hade han druckit i åratal.

– Mm.

– Jag tog aldrig reda på varför han drack. Hur han hade haft det som barn, till exempel.

– Varför inte?

– Nej, jag kände mig alltid så kallsinnig mot honom och tyckte bara att han var patetisk och värdelös. Det är så jag har känt för Fabian också, fast jag vet vad Sören gjorde mot honom när han var liten. Jag förstår att mitt förakt för deras svaghet bottnade i min egen maktlöshet och besvikelse, men just då kunde jag inte hantera det bättre. Jag har alltid tyckt att självdestruktiva handlingar är fega och förkastliga. Samtidigt vet jag att det finns outhärdliga tillstånd som man inte klarar av att ta sig ur utan hjälp.

FRIDAS FRISTAD

Kvinna

Jag har bestämt mig. Det går inte längre. Jag orkar inte mer. Ångesten och depressionen kväver mig. Jag kan inte ha det så här längre. Jag mår så fruktansvärt dåligt och har gjort i så många år nu och det blir aldrig bättre hur mycket jag än hoppas och vill att det ska vända. Jag ser inte minsta skymt av ljus i tunneln. Jag har bestämt när och hur jag ska gå till väga. När våren kommer finns jag inte mer. Det känns skönt och befriande att faktiskt veta att allt snart är slut. Jag vet att alla kommer att tycka att jag är egoistisk, men hellre död och begraven än levande och oönskad, äcklig, värdelös och bara ett problem för alla. Tack för att ni orkade läsa. Förlåt att jag störde.

Man

Vad är det för mening med att skriva nånting här? I stort sett alla som går in här funderar ju själva på att ta livet av sig, och dom har fan ingen hjälp att ge. Det enda är väl om det kanske lättar att skriva av sig lite och att man fattar att man inte är ensam om att ha ett helvete. Men nån jävla räddning finns det inte. Jag vill bara fucking dö. Det är min högsta önskan just nu. Jag klarar inte av den här smärtan mer. Att dö är enda vägen ut. Jag vet inte vem jag är längre. Det är så jävla skrattretande när man tänker på vem jag var förut. Hur jag var, vad jag klarade av. Ingenting finns kvar. Nu bara ligger jag här och lider. Jag orkar inte en sekund till. Jag vill bara fucking DÖ! Folk tror att dom känner mig men ingen har nånsin känt mig. Om jag dör snart så ska alla veta att ingen har nånsin hjälpt mig eller betytt nånting för mig. Det är bara mörkt och mörkret finns inom mig. Jag kan inte ha det så här längre. Jag tycker verkligen inte att man ska behöva lida så här mycket. Det finns inget bra kvar i mig längre. Jag har dött inombords och det finns inget kvar. Det enda som är kvar är lidandet. Men vem fan bryr sig? Ingen bryr sig och ingen kommer NÅNSIN att bry sig. Det skulle vara så fucking skönt att sätta ett vapen mot tinningen och bara trycka av. Bara låta det explodera. Men inte ens det klarar jag av.

Kvinna

Jag funderar på en sak. Jag får ofta höra att jag gnäller, är negativ, bitter och dyster. Min pojkvän påpekar det till exempel varje gång jag råkar säga nåt som inte är så positivt. Jag får absolut inte må dåligt. Då får jag andra att må dåligt, och det är inte okej. Det är okej för andra att vara missnöjda ibland, men när det kommer till mig så är det förbjudet. Det är inte så att jag är negativ hela tiden, men jag får den stämpeln på mig innan jag ens hinner börja prata. Denna tunga stämpel har gjort att jag undviker nya kontakter, väljer att vara ensam även fast jag egentligen inte vill. Det är liksom lika bra, för jag kommer ändå att bli dömd. Jag har knappt några vänner och är rädd att skaffa nya. När jag är ute bland folk ler jag och försöker vara rolig, men när jag kommer hem sjunker jag ihop på golvet innanför dörren, helt slut av allt fejkande och av att försöka vara andra till lags. Jag har en stark önskan om att få slippa låtsas och bli älskad för den jag är, men jag antar att det är för mycket begärt... Hoppas jag slipper vakna i morgon, för jag orkar inte.

Man

Livet är tufft för oss alla! Alla har sina demoner att kämpa med. Jag har levt ensam i 10–15 år. Ej haft någon tjej (typ fast relation) på 8 år. Ej haft sex på 7 år. Mycket rasade efter min sista förälskelse 2013. Jag blev väldigt kär och väldigt blåst. Inget konstigt med det. Det händer alla. Nu jobbar jag väldigt mycket för att döva smärtan. Det är som det är och det är ett helvete! Speciellt när man börjar bli gammal och inte har haft något liv att vara nöjd med. Inga nära och kära. Barn lär det ju inte heller bli. Sen vet men inte om man lever ett år till eller kanske 15. Skriv absolut inget om vad jag borde göra! Jag gör det jag vill och kan. Vi har alla olika förutsättningar att hantera vår verklighet. I slutändan är vi alla ensamma. Trots det kan det vara skönt att få utlopp för tankarna som snurrar i skallen, släppa ut dem en stund, utan att andra behöver tro att de måste säga eller göra något. Varför kan vi inte alla få vara nöjda och lyckliga? Vad är det som hindrar oss? Det är den stora frågan.

FRIDA

Om Linnea tog livet av sig, som Brink säger att han tror, borde kroppen ha påträffats vid det här laget. Det har den ju inte gjort, men självmord går ändå inte att utesluta. Brink påstår att hon kände sig förföljd av Sjölund och att det gjorde henne deprimerad och skulle kunna vara orsaken till att hon inte orkade leva längre.

Jag har stämt träff med kvinnan som Sjölund hade ett förhållande med före Linnea för att få veta lite mer om honom. Det jag redan vet är att han har suttit inne. För tio år sen dömdes han för misshandel av sin dåvarande sambo. I tingsrätten blev han dömd för grov misshandel till fängelse i fyra år och sex månader. När åklagaren överklagade domen och yrkade att han istället skulle dömas för synnerligen grov misshandel ändrade hovrätten brottsrubriceringen och skärpte straffet till sex år.

Ja, så kan det gå när inte haspen är på.

Har han fortsatt att misshandla kvinnor sen dess? Ja, det är mycket troligt, eftersom den sortens skithögar sällan lägger av med sitt våldsamma beteende. Det skulle inte alls förvåna mig om både Linnea och kvinnan jag snart ska träffa har fallit offer för honom.

Till en början visste jag inte att han hade suttit inne. Hade jag vetat det hade jag aldrig släppt in honom i mitt liv. Men jag visste inte, och när jag väl fick reda på det var jag redan djupt involverad med honom. Då hade han redan börjat misshandla mig. På vilket sätt eller vad det var som triggade igång det vill jag inte gå in på, för jag skäms fortfarande över att jag lät mig utsättas för det. Och att jag ljög om det efteråt för att skydda honom. Sa att jag hade snubblat på dammsugarslangen, klivit snett i trappan, gått in i en dörr... Herregud!

Det gick i perioder. Det började alltid med att en inre spänning byggdes upp inom honom. Jag märkte alltid när det hände. Han gick och samlade på olika "fel" som han tyckte att jag hade gjort. Till slut fick spänningen sitt utlopp i att han slog mig. Efteråt kunde han be om ursäkt och lova att det aldrig skulle hända igen. Var lugn och trevlig eftersom han hade fått ut en del av spänningen. Var ångerfull och försökte gottgöra sitt beteende på olika sätt. Kunde uppvakta mig, säga snälla saker, städa huset, ta hand om barnen och göra allt som han visste att jag uppskattade.

Sen började den inre spänningen inom honom att öka igen och ett nytt utbrott närmade sig. Han växlade humör så att jag aldrig kunde veta var jag hade honom eller vad som skulle hända. Han var alltid så oberäknelig. Kunde till exempel lovorda mig på en fest, bara för att sen kränka mig verbalt och fysiskt när vi kom hem. Det kändes som att jag hela tiden gick på ett minfält. Minsta felsteg kunde utlösa en explosion.

Genom att slå mig skaffade han sig ett övertag över mig. Upplevde sig ha makt och kontroll. Det fick honom att må bra. Men för mig kändes det varje gång som att mattan rycktes bort under mina fötter. Jag ifrågasatte mig själv och undrade vad jag gjorde för fel. Jag tordes inte ta några egna beslut och varje felsteg utlöste en mina. Han manipulerade mig att lägga skulden på mig själv.

Han hade egentligen inga problem med att kontrollera sin ilska och aggressivitet. Han skulle aldrig ha gett sig på sin chef, sina vänner, sina föräldrar eller arbetskamrater. Han klarade till exempel alltid av att hejda sig och avbryta misshandeln om det ringde på dörren och han ville gå och öppna. Han visste precis när det var fritt fram att slå och när det inte var det. Det anpassade han sitt beteende efter. Det var inget slumpmässigt eller okontrollerat beteende. Han var hela tiden fullt medveten om vad han gjorde.

Rent allmänt kunde han tycka att det är fel med kvinnomisshandel, men blev han provocerad av mitt beteende ansåg han sig att ha rätt att "ge igen" och "försvara sig". Han försökte ta ifrån mig rätten att bli arg på honom när han behandlade mig illa. Blev jag arg hämnades han, och sen drog han nytta av att jag blev upprörd och använde det som ett "bevis" på att jag var knäpp, sjuk, labil och överkänslig. Det han inte klarade av var att jag blev arg på honom, stod upp för mig själv, sa emot honom eller visade tecken på självständighet och oberoende.

Misshandeln förvärrades med tiden. Till slut såg han mig bara som ett objekt och inte som en människa. Vad jag kände räknades inte för honom längre. Jag visste att en man som misshandlar sällan slutar med det. Det var inte värt att hoppas på att jag skulle kunna förändra honom. Men jag hoppades på det ändå. Ibland, när jag hotade att lämna honom, lovade han att ändra på sig. Bli snällare och mer hjälpsam. Han slutade med beteenden som han visste att jag inte tyckte om och började uppvakta mig på olika sätt. Ibland sa han till och med att han skulle söka hjälp och börja i terapi. Tillfälligtvis blev han plötsligt den man som jag önskade att han var, och den man som jag hela tiden hade trott att han var innerst inne. Den han var i början av vårt förhållande. Den jag blev kär i. Men det var bara falska löften.

När jag föreslog att vi skulle ta en paus ville han inte gå med på det. Han såg förslaget som en deklaration från min sida att jag var kapabel att klara mig utan honom. Att jag hade en egen vilja och visste bäst själv vad som var bra för mig. Han var rädd att jag skulle inse att jag hade det bättre utan honom. Till slut låtsades han gå med på det men hörde av sig hela tiden. Han ringde och mejlade. Dök upp på platser där han visste att jag var. När jag gick med på att träffa honom försökte han charma mig och få mig att avbryta pausen. Han växlade mellan olika taktiker. Kunde vara trevlig och charmig ena gången, i syfte att locka mig tillbaka, för att gången därpå bli hotfull när hans "charm" inte hade fungerat.

När jag till slut ändå lämnade honom hade jag stått ut med både verbal och fysisk misshandel under lång tid. Jag hade gjort allt jag kunnat för att försöka förändra förhållandet till det bättre. Men problemet fanns ju hos honom, och han hade inte gjort ett dugg för att förändra sig.

När jag gjorde slut kunde han inte acceptera det. Han ansåg att det var han som skulle bestämma när det var definitivt slut. "Förhållandet är över när *jag* säger att det är över!" sa han. Och misshandel var inget skäl att avsluta en relation, ansåg han. Om jag inte kunde vara perfekt och tillgodose alla hans behov förtjänade jag den behandling jag fått av honom.

Han tyckte att det borde räcka med att han lovade att bättra sig i framtiden. Jag borde nöja mig med hans muntliga löften om att han tänkte förändras och tyckte att han hade rätt att få obegränsat med nya chanser.

Men jag gick, och han började förfölja mig. Det fortsatte han med under lång tid efteråt. Stalkade mig genom att ringa, messa eller komma på spontana besök. Bevakade mig och försökte "skrämma iväg" folk som ville hjälpa mig. Spred falska rykten om mig och försökte förstöra mina vänskapsrelationer. Sa att jag aldrig skulle klara mig utan honom. Sa att ingen annan man skulle vilja ha mig. Men det var inte sant.

Och han hotade mig på olika sätt. Hotade med att han skulle ta barnen ifrån mig, fast det inte ens var hans barn. Hotade med att skada mig eller döda mig. Och om jag träffade en ny man, hotade han med att skada eller döda honom också. Om det visar sig att han har dödat den där kvinnan så är jag den första att skriva under på att han är fullt kapabel att göra en sån sak.

FRIDA

Ingen i utredningsgruppen vet hur mycket jag avskyr och för-aktar kvinnomisshandlare och våldtäktsmän. Några av kolle-gerna har läst min bok, men i den uttrycker jag inga person-liga känslor eller åsikter. Jag avslöjar inte att jag blir arg bara jag tänker på alla dessa självupptagna, egoistiska, hänsyns-lösa, empatilösa, slappa, fega och ynkliga våldsverkare som jag har kommit i kontakt med både privat och i jobbet eller bara hört talas om.

Vi råder kvinnan att lämna mannen som misshandlar hen-ne. Vi uppmanar henne att bryta upp för att få slut på hoten och våldet. Men det är när hon säger att hon vill gå, och när hon begär ensam vårdnad om barnen och besöksförbud för att skydda sig, som det verkliga helvetet börjar. Det är när han inte längre har full kontroll över henne som han blir livs-farlig. Som Kristoffer blev när Carina försökte lämna honom. Den jävla skithögen. Det han gjorde mot henne går aldrig att glömma eller förlåta.

– Varje dag tänker jag på hur det skulle vara om jag och barnen levde ensamma. Om jag varje dag slapp bli besviken, ledsen och nertryckt. Om jag aldrig mer behövde bli knuffad, sparkad och slagen. Om jag alltid kunde säga vad jag tycker och tänker utan att framkalla en explosion. Jag vill inte att mina barn ska växa upp så här. Jag vet inte hur många gånger jag har sagt till honom att jag inte vill mer och att vi båda skulle må bättre av att bo på varsitt håll. Men han kommer aldrig att gå med på att jag flyttar och tar barnen med mig. Om jag försöker ska han döda mig, säger han.

Jag är så arg på mig själv. Varför gick jag inte vid första slaget?

Det är ju det alla säger att man ska. Istället stannade jag och skaffade till och med barn med honom. Hur dum får man bli?

Jag vågar inte gå till polisen eftersom jag vet att jag inte har betett mig så bra själv alla gånger. Han har filmat mig när vi har bråkat och säger att han ska använda det mot mig om jag anmäler honom. Och jag vet att jag har tappat kontrollen ibland. Det är inte så lätt att alltid reagera som en normal människa när man gång på gång blir förolämpad och förminskad. Ibland har jag blivit så arg att jag har kastat saker omkring mig. En gång slog jag till och med sönder en stol. Då hånskrattade han åt mig och sa att jag var sjuk i huvudet. Men det är det ju han som är. I början var jag så otroligt kär i honom att jag bara blundade för hur han var och slätade över allt han gjorde. Nu vet jag att han är sjuk. Men jag vet inte hur jag ska våga lämna honom.

När jag började arbeta på Försäkringskassan och lärde känna Carina förstod jag ganska snart att hon blev misshandlad av sin sambo. Det fanns tydliga tecken på det. Hon visste att jag var polis, och hon visste att jag skulle förstå om hon berättade hur det var, men det dröjde ändå ganska länge innan hon gjorde det. Sen pratade hon om det då och då, med både Moa och mig, och det verkade som att hon närmade sig ett beslut. Vi kunde inte tvinga henne att anmäla honom eller lämna honom, men det var ju det vi hela tiden hoppades på. Till slut gjorde hon det, och det blev hennes död.

Siw är också död nu. Det har inte påverkat oss så mycket eftersom hon inte ville träffa oss medan hon var sjuk. När hon dog hade ingen av oss haft kontakt med henne på länge. Och Maja, som stod henne närmast, har tagit det bra. Vi hade inte behövt oroa oss.

– Är du ledsen för att mormor är död?

– Ja, men nu när jag bor med pappa och dig så märks det inte så mycket att hon är borta.

– Nej.

– Jag var lite arg på henne förut, innan hon blev sjuk.

– Jaså var du?

– Ja, för att hon fortsatte att vara arg på pappa fast hon visste att hon hade trott fel om honom.

– Mm.

– Om han inte hade träffat den där Emma så hade det aldrig hänt.

– Nej.

– Så det var kanske därför mormor tyckte att det var hans fel i alla fall.

– Ja, så var det nog.

FRIDAS FRISTAD

Kvinna

Sitter här och skriver med tårarna rinnande. Min mamma låg på sjukhuset, döende. Jag tog mig till sjukhuset och gick in i rummet där hon hade sin säng. Mötet med min sovande mamma (hon orkade inget annat än att sova) var mycket svårare än jag hade trott. Alla dessa slangar och apparater... Det var inte min mamma som låg där, det var en annan person, hon var så olik min mamma, det kunde inte vara hon. Min mamma hade tjockt hår och runda kinder. Den här kvinnan var lika smal som jag (45 kg) och håret var slitet. Det var inte min mamma. Jag vägrade tro det. Jag vägrade tro att min mamma skulle dö. Hela min kropp skrek NEJ, jag vill inte att hon ska dö, hon ska klara det, hon ska leva!

Första gången jag var in till henne grät jag bara. Andra gången var det inte lika jobbigt. Hon andades tungt, cirka 8, 9 andetag i minuten. I vanliga fall tar en vuxen människa cirka 20 andetag i minuten. Samtidigt som jag ville stanna till slutet så visste jag inte om jag skulle orka. Jag visste inte hur lång tid hon hade kvar. Det kunde ta några timmar eller dröja flera dagar innan hon dog. Men det gick fort. Exakt klockan sex andades hon ut för sista gången.

Smärtan jag känner går inte att beskriva. Samtidigt vet jag att hon inte lider längre. Nu slipper hon smärtan. Jag vet att hon är med mig, men även om jag vet det så finns hon inte här kroppsligt så att jag kan krama henne och få svar. Jag hoppas att hon känner hur alla saknar henne, och jag hoppas att hon är nöjd med mig och att jag fortsätter att göra henne stolt. Jag älskar henne så min kära mamma.

Kvinna

Igår besökte jag min systers grav för första gången. Det var bra mycket jobbigare än jag hade trott. Jag hade så svårt att gå därifrån. Det kändes som om hon ropade på mig och bad mig stanna kvar. För varje steg jag gick bort från graven slets mitt hjärta itu. Jag ville stanna där och hålla henne sällskap. Jag ville inte lämna henne ensam kvar. För det är så det känns, som att hon ligger där helt ensam, i mörkret och kylan på nätterna. Tänk att hon ligger där när vi firar jul, när vi firar midsommar, när vi firar födelsedagar! Hur ska jag någonsin kunna klara mig utan min syster? Jag vill inte att det här ska vara sant. Det är så tomt och tyst. Jag gråter och gråter. Jag försöker bearbeta sorgen på det enda sätt jag vet, och det är att skriva av mig. Jag skriver och skriver. Gråter och gråter. Tänder ljus. Jag trodde inte att jag skulle känna att jag förlorade kontakten med henne så snabbt. Är hon inte med mig längre? Väntar hon någonstans på mig? Hon känns så långt bort och jag vill bara vara nära henne igen. Hon blev bara 15 år.

– *Ska du och pappa vara med på mormors begravning?*

– *Ja, det ska vi. Du också, om du vill. Lennart och Jesper kommer också att vara där.*

– *Var jag med på mammas begravning?*

– *Nej, jag tror inte det.*

– *Varför inte?*

– *Jag tror att Siw var rädd att det skulle bli för svårt för dig.*

FRIDA

Anhöriga ger nästan aldrig upp hoppet. Vi hade ett fall en gång där föräldrarna till en försvunnen tonårsflicka under flera års tid bombarderade polisen med mejl och telefonsamtal som innehöll tips, teorier och krav på ytterligare åtgärder. Men Linneas syster har inte besvärat oss. Hon hörde av sig några gånger i början för att fråga hur det gick med utredningen, men sen dess finns det inga uppgifter om att hon har varit i kontakt med oss. Det ska absolut inte vara så att anhöriga måste ligga på själva för att få information om en pågående utredning, men har vi inget nytt att komma med, eller några nya frågor att ställa, blir det ganska automatiskt så att kontakten uteblir.

Jag har träffat henne nu, och det hon berättade om sin livssituation förklarar delvis varför hon inte har hört av sig till oss. Vi satt i skuggan på hennes altan medan vi pratade. Trots värmen var hon klädd helt i svart.

Jag är sju år äldre än Linnea, men vi har alltid haft bra kontakt. Jag försökte skydda henne mot pappa när vi var barn, eftersom han kunde ta till våld för minsta lilla sak som han retade sig på. Oftast var det mamma han slog, men han var hotfull mot oss också, och vi gick alltid omkring och var rädda. Som tur var dog han när Linnea var sju år och jag fjorton. Sen var det bara mamma och vi. Men pappas beteende hade ju satt sina spår hos både Linnea och mig. Det var väl därför Linnea alltid fastnade för så värdelösa killar. Själv har jag haft problem på andra sätt. Jag har bland annat tagit för mycket ansvar och kört över mig själv.

Mamma är också död nu, så hon slapp uppleva det här. Hon slapp också känna sig skyldig till att Linnea gav sig i lag med Tobias, som var lika våldsam mot henne som pappa var mot henne själv. Jag blev så glad när Linnea äntligen kastade ut honom och började vara ihop med Anton istället. Han flyttade ganska snabbt in hos henne, men hon träffade honom inte förrän Tobias hade varit ute ur bilden ett tag. Jag vet att han har anklagat henne för att ha gått bakom ryggen på honom och varit otrogen, men så var det inte. Han har inte kunnat släppa henne, tror jag. Periodvis har han försökt få kontakt med henne igen, mot hennes vilja.

Anton är den första normala kille hon har varit tillsammans med. Hon kunde inte få barn, och det talade hon om för honom redan från början, så det var inget problem. Inte för honom i alla fall, och inte för henne heller längre, för med tanke på klimatförändringarna och att man inte vet hur framtiden kommer att se ut, är det inte rätt att sätta barn till världen, ansåg hon. Hon var glad att hon inte hade några barn, och det förstod jag, för själv oroar jag mig ständigt för mina. Jag har tre stycken, och jag kan ju inte ångra deras tillblivelse, men jag oroar mig mycket över deras framtid.

Anton ringde till mig på lördagsförmiddagen och berättade om Linneas försvinnande. Han frågade om hon var hos mig eller om jag visste var hon annars kunde vara, men jag visste ju ingenting. Han skulle ringa och polisanmäla att hon var borta, sa han. Det var alltså han som anmälde henne försvunnen, och det är han som har stått som närmast anhörig i kontakten med polisen. Jag vet att en polispatrull kom hem till honom och letade igenom deras lägenhet, men han har inte berättat så mycket för mig. Det beror kanske på att vi inte hade så nära kontakt innan heller, och jag har ju pratat med polisen själv flera gånger och fått veta en del. Det är bara det att… Polisen ville skapa sig en bild av henne, och Anton kan ju rimligtvis inte veta mer om henne än vad jag gör.

Det känns fortfarande så overkligt att hon är borta. Jag har mått jättedåligt av det och haft svårt att ta mig tillbaka. Det hade varit så mycket innan också. För fem år sen drabbades jag nämligen av utmattning. Jag var frisk men hade börjat känna mig trött. Ett halvår senare gick jag in i väggen och blev sjukskriven, först på heltid i tre månader och sen på deltid i nästan två år.

Jag blir aldrig som jag var förut. Det känner jag. Innan jag blev sjuk var jag väldigt högpresterande och hade stora planer och ambitioner. Jag ville hela tiden utvecklas som människa. Jag var nyfiken och pådrivande och tyckte om att vara i full gång. Jag gick på högvarv hela tiden och förstod inte att det var skadligt. Till slut orkade inte min kropp och hjärna med det mer. Jag kraschade. Nu fungerar jag igen, men jag har blivit känslig för höga ljud, har svårt att fokusera längre stunder, blir fortare trött och behöver hela tiden balansera aktivitet med återhämtning. Jag känner mig trög och blir inte lika känslomässigt berörd längre, vilket kanske är bra, men det känns som att jag har blivit en kallare person, och det vill jag inte vara. Men är man utmattad måste man fördela sin energi för att överleva. Man måste ta bort det som är mindre viktigt för att klara av det som är viktigast. Därför blir det ofta så att all min kraft och energi går till hemmet och familjen, och att vänner och andra fritidssysslor får stå tillbaka.

Det är bara att rycka upp sig, tänka positivt och ignorera allt som känns jobbigt, säger en del. Risken med det är att man kanske flyr, av rädsla för att lyssna djupare och möta sanningen inom sig. Det är bra att tänka positivt, men bara när det är äkta och inte samtidigt innebär att man blundar för sanningen. Att ignorera kroppens signaler och behov genom att fokusera på annat varje gång jobbiga känslor dyker upp, och pusha sig själv till att vara positiv och stark, är en kortsiktig lösning som kan leda till psykiska problem och långsiktig ohälsa.

All stress är inte psykologisk, utan många har faktiskt verkliga problem att brottas med. Det kan vara arbetsstress, arbetslöshet, ekonomiska problem, sjukdom och andra yttre faktorer som man kanske inte kan påverka så mycket. Det är stressen och kraven på oss människor som gör oss sjuka. Vårt behov av uppdatering i sociala medier. Samhällets krav. Den närmaste omgivningens krav. Våra inre krav på oss själva.

Och blir man sjuk har inte vården och samhället så mycket att erbjuda. Jag vet inte hur många gånger min läkare hotade med att Försäkringskassan skulle neka mig sjukpenning om jag inte började äta SSRI-tabletter som jag vägrade ta. Jag tror på återhämtning och försöker hellre med akupunktur, yoga och promenader än att jag stoppar i mig en massa piller.

Jag har semester nu, men jag lider av värmen och tappar all energi. Det är så vidrigt varmt och klibbigt när man ska sova. Det märks att jag börjar närma mig klimakterieåldern, för när jag var ung led jag aldrig av värme. Och jag oroar mig för barnen… Ju äldre dom blir, desto mer fokus blir det på deras val av vägar här i livet. Jag känner mig alltid på helspänn. Är det inte diskussioner med barnen om rätt och fel, så är det deras vänner jag oroar mig för. Och allt annat som händer runt omkring mig som jag måste delta i.

Att Linnea försvann och inte har hittats har påverkat mig mycket. Ibland känns det som att hjärnan bara vill stänga av. Jag blir tom och trög och fungerar som en mekanisk maskin. En dag höll det på att gå riktigt illa. Jag somnade vid ratten. Eller jag nickade till en sekund, och plötsligt märkte jag att jag hade hamnat långt ut på vägrenen och var nära att köra i diket. Jag vet att jag satt där och tänkte på vad jag skulle laga till middag, och ändå måste jag ha slocknat när jag kom ut på en lång raksträcka bara några minuter innan jag var hemma. Det var så skrämmande att det kunde hända, men det bevisar ju bara hur trött jag är fast jag kanske inte alltid är fullt medveten om det.

FRIDA

Jag har fått ett mejl från Linneas syster. Hon skriver:

"Hej. Förlåt att jag pratade så mycket om mig själv när vi träffades. Det var ju Linnea vi skulle prata om. Hon brukade ofta skicka olika citat och visdomsord till mig på Facebook, och om du (polisen) vill få en bild av hur hon var (som ni har sagt att ni vill), så var det så här hon såg på sig själv:

No matter what happens, I always have to be the strong one.
I need to figure out everything on my own.
I can't rely on anybody because I don't want to burden anyone.
My trust has been broken over and over again.
I have been disappointed and betrayed too many times.
I know how it feels to be rejected and abandoned.
(The Minds Journal)

Hon delade det från sitt Facebookflöde till mitt därför att hon och jag var ganska lika och hon visste att jag skulle känna igen mig i det. Det har kanske ingen betydelse för er, men jag vill i alla fall berätta det.
Hälsningar, Mirja"

Ja, det där känner jag också igen mig i. Jag skulle ha gillat Linnea. Jag vill att hennes fall ska bli löst. Jag vill att hon ska få upprättelse och att rättvisa skipas.

Jag har träffat Tobias Sjölund. Efter att ha försäkrat mig om att han var hemma, dök jag upp hos honom oanmäld.

I den tio år gamla hovrättsdomen mot honom står det:

"Den synnerligen grova misshandeln har inte föranlett någon svår bestående kroppsskada hos målsäganden, utan det avgörande för rubriceringen av gärningen är att denna orsakat synnerligt lidande och att TS visat synnerlig hänsynslöshet. Gärningen har präglats av synnerligen påtaglig brutalitet och ett utdraget händelseförlopp. Den har dessutom riktat sig mot en närstående i hennes bostad och har även medfört att hennes hem i samband med våldsutövningen slagits sönder och samman på ett för målsäganden skrämmande sätt. Skadegörelsen av inventarierna får ses som ett led i processen att passivisera målsägandens förmåga till motstånd. Genom att förstöra hennes pedantskötta lägenhet har TS rubbat hennes trygghet och byggt upp bilden av ett hotande våldskapital som kunde släppas lös om hon inte underkastade sig hans vilja. Misshandeln har även lett till att målsäganden inte har kunnat bo kvar i sitt hem på grund av de traumatiska minnena till följd av misshandeln.

TS har flera gånger tidigare dömts för våldsbrott. Hans tidigare brottslighet kan inte ges någon betydelse för påföljdsvalet, eftersom det finns en presumtion för fängelse redan med hänsyn till det höga straffvärdet.

Den nu aktuella brottsligheten är likartad TS:s tidigare brottslighet och i samtliga fall förekommer brott som är särskilt allvarliga. Sett till den tid som han befunnit sig i frihet har återfallen kommit förhållandevis snabbt. Det finns därför flera skäl till att, i skärpande riktning, beakta TS:s tidigare brottslighet vid bestämmande av fängelsestraffets längd med stöd av 29 kap. 4 § brottsbalken. Straffet bör till följd av detta bestämmas till fängelse i sex år."

Jag kom alltså hem till honom oanmäld, och jag hade egentligen ingenting där att göra mer än att jag ville träffa honom, känna honom på pulsen och bilda mig en uppfattning om honom. När jag ringde på kom han och öppnade klädd i mjukisbyxor och en sladdrig långärmad tröja, och jag märkte på en gång att han hade druckit. Trots att han för tillfället såg ganska mosig ut var han fysiskt attraktiv, och jag förstod att vissa kvinnor lätt kan attraheras av hans utseende. Vältränad kropp, ljust hår, blå ögon, regelbundna ansiktsdrag och en stor tatuering på ena sidan av halsen. Fast det sistnämnda var jag inte särskilt tilltalad av.

Vad är det som får en människa att vilja tatuera sig? Det fattar jag inte. Vem vill frivilligt gå omkring som en levande målarduk eller en oroligt mönstrad tapet? Vad är det som gör att man väljer just den sortens självskadebeteende? Viktor hade en liten tatuering på ena överarmen, men det var bara en enda liten grej och inget som täckte stora delar av hans kropp, vilket jag föreställer mig att det som Sjölund har under kläderna gör. Det jag såg på hans hals var säkert bara toppen på isberget.

Tatueringen tilltalade mig alltså inte, men annars fanns det inte mycket att klaga på när det gällde hans yttre. Hans inre däremot visade sig vara fullt av skit, vilket kanske inte var så förvånande med tanke på det jag redan visste om honom. Berusningen gjorde att han inte hade några spärrar som höll skiten tillbaka heller, så allthop gick rakt in i min telefon. Jag hade inspelningsfunktionen på redan från början.

FÖRHÖR

FL: Hej, är det du som är Tobias?

TS: Ja?

FL: Jag heter Frida Ekberg och kommer från polisen. Jag skulle vilja prata lite med dig om det går bra.

TS: Om vadå?

FL: Kan jag komma in?

TS: Visst.

FL: Tack.

TS: Slå dig ner och känn dig som hemma.

FL: Tack.

TS: Jaha?

FL: Du försöker dränka dina sorger?

TS: Ja, ska du ha dig en jävel?

FL: Har du bott här länge?

TS: Skippa rundsnacket och ställ dina jävla frågor bara så vi får det överstökat.

FL: Det gäller Linnea Almkvists försvinnande.

TS: Jaha. Har ni hittat henne?

FL: I ett förhör har du uppgett att du låg hemma och sov natten då hon försvann.

TS: Ja, det stämmer.

FL: Vilket som du vet motsägs av vissa vittnesuppgifter.

TS: Är du gift?

FL: Besökte du Johannas stuga nån gång?

TS: Nej, aldrig. Vet inte ens var den ligger. Visste inte då i alla fall.

FL: Och du visste inte att Linnea var där den kvällen?

TS: Nej, hur skulle jag kunna veta det?

FL: Därför att du höll koll på henne.

TS: Gjorde jag?

FL: Du lät henne inte vara ifred fast det var slut mellan er.

TS: Är du sambo?

FL: Vad var orsaken till det? Vad ville du henne?

TS: Skål!

FL: Du har sagt att hon kunde vara så provocerande att det enligt dig fanns anledning att uppträda aggressivt mot henne.

TS: Du har läst på hör jag.

FL: Gjorde du det?

TS: Gjorde jag vad?

FL: Uppträdde aggressivt mot henne.

TS: Nä, du är nog fan singel. Det är väl ingen som...

FL: Enligt vad hon själv berättade för sina vänner så misshandlade du henne.

TS: Har hon sagt det så ljög hon.

FL: Din granne då? Ljuger han också?

TS: Om vadå?

FL: Att din bil inte stod på parkeringen natten då Linnea försvann?

TS: Ja, den jäveln är bara ute efter att hämnas.

FL: Varför vill han hämnas?

TS: För att han inte unnar andra att ha ett liv. Han sitter tamefan med ett glas tryckt mot väggen för att höra så jag inte råkar ha teven på efter klockan elva.

FL: Ja, så sent på dygnet ska man kanske tänka lite på vad man gör.

TS: Äh. Han börjar banka vid vilken jävla tid på dygnet som helst. Allt mellan klockan elva på förmiddan till klockan sex på kvällen. Och han är hemma tamefan jämt. En gång kom han till och med hit, den jävla gringubben. Men det ska han ha jävligt klart för sig, att kommer han hit med den attityden till mig en gång till och gnäller om skitsaker och kaxar upp sig så kommer han att få en skruvmejsel uppkörd i röven. Det kan jag lova dig.

FL: Du säger det.

TS: Ska man kanske börja klaga varje gång man hör nån granne knulla eller borra? Ibland knullar dom högt som fan på andra sidan väggen.

FL: Ja, så kan det vara.

TS: Man måste ju för fan få leva och bo i sin lägenhet! Det är helt jävla orimligt att det ska vara knäpptyst hela tiden. Den som säger nåt annat kan suga min kuk!

113

FL: Så din granne ljuger om din bil för att han vill hämnas? För att han vill misstänkliggöra dig i samband med Linneas försvinnande?

TS: Ja, hur ska jag annars tolka hans jävla lögner? Han verkar vara ett riktigt psykfall. Är han så jävla överkänslig så ska han tamefan inte bo i ett flerfamiljshus. Då kan han dra åt helvete den jävla bögen. Är så jävla trött på såna där fucking glädjedödare. Bara för att hans liv är ett ångestfyllt ensamt helvete så behöver han inte suga livsgnistan ur sina grannars liv!

FL: Har han berättat det för dig? Att han är ensam?

TS: Ja, det är det som är grejen. Dom flesta gringubbar och grinkärringar håller på så där bara för att dom inte har nåt liv och vill ha sina grannars uppmärksamhet. Seriöst, vad är det för fel på folk?

FL: Ja, det kan man fråga sig ibland.

TS: En fredagskväll vid tiosnåret på kvällen satte han igång. Jag var rätt dragen och hade ett par kompisar över och vi spelade lite musik och drack bärs. Då började den jäveln banka. Visst, det var kväll, men jag tycker att man kan acceptera lite prat och musik på fredagar och lördagar.

FL: Det tycker du.

TS: Nästa gång det händer ska jag vänta tills klockan blir lite mer, sen går jag dit och säger att så störd som han blev förra gången kommer han att bli störd många, många gånger till.

FL: Du vill hämnas.

TS: Han kan aldrig göra nåt åt saken, hur mycket han än gnäller och klagar. Faktum är att han kan bli vräkt själv för att han stör mig med sitt klagande.

FL: Det är tveksamt.

TS: Jo, det har faktiskt hänt. Sök på Hyresnämnden så får du se. Kommer han en gång till ber jag han dra åt helvete, och fortsätter han så talar jag om för han att jag ska klaga hos hyresvärden och polisanmäla han för ofredande.

FL: Du har ju själv blivit polisanmäld några gånger?

TS: Va?

FL: Som du säkert förstår har vi gjort en bakgrundskoll på dig med anledning av Linneas försvinnande.

TS: Jaha?

FL: Och då hittade vi bland annat en uppgift om att du dömdes till sex års fängelse för "synnerligen grov misshandel" av din dåvarande flickvän.

TS: Det var ju för fan för tio år sen.

FL: Men det du utsatte Erica Nordström för hände inte för tio år sen.

TS: Erica? Vafan har hon med nånting att göra?

FL: Hon har med dig att göra. Du levde ihop med henne. Och då misshandlade du henne.

TS: Bevisa det.

FL: Jag tror på hennes berättelse. Och hennes uppgifter visar att ränderna du hade för tio år sen inte har gått ur.

TS: Vilka jävla ränder?

FL: Du vet vad jag menar.

TS: Äh, dra åt helvete.

FL: Det är nämligen så du behandlar kvinnor, och Linnea var inget undantag. Det var därför hon lämnade dig, och det kunde du inte acceptera.

TS: Så då gick jag och slog jag ihjäl henne, va? Är det det du försöker säga?

FL: Ja, gjorde du det?

TS: Har ni hittat henne? Är det därför du är här?

FL: Nej, hon är inte påträffad, men vi arbetar vidare med fallet och ska se till att få det löst.

TS: Inte särskilt troligt att ni ska lyckas, va?

FL: Omöjligt är det inte.

TS: Nä, nä. Men jag har i alla fall ingenting med det att göra. Och nu har jag inte tid med den här skiten längre. Nu är det bäst du går.

FL: Ja, jag ska gå. Tack för att du tog dig tid. Och ta det lugnt med spriten.

TS: Skit i det du, jävla snutfitta.

Knulla, bög, kuk och fitta. Herregud. Den mognadsgraden nådde inga höjder. Självinsikten och självkänslan låg inte heller på topp att döma av könsfixeringen och projektionerna. Men jag tror inte att det är han. En stor skithög är han, och han skulle säkert kunna slå ihjäl en kvinna, men i det här fallet tror jag faktiskt att han är oskyldig. När Linnea försvann hade han inte stått henne nära på flera år. Deras avslutade relation kan inte ha varit särskilt känsloladdad. Men känslor kan blossa upp, så säker kan man aldrig vara.

Och spriten. Vad är det som gör att en människa gång på gång väljer att förgifta sig? Tappa omdömet, förlora kontrollen, förnedra sig, begå brott, förstöra för sig själv och andra… Förstöra sina liv. Som Sören gjorde, och som Fabian är på väg att göra.

Mötet med Sjölund fick mig att tänka tillbaka på min tid som IG-polis. Det absolut tristaste att hantera var alla drog- och spritpåverkade personer i anslutning till krogar och uteställen. Det blev alltid så mycket käftande och tjafs. Jag förstod kolleger som tappade tålamodet ibland. En gång pratade jag med Jesper om det, och han höll med mig.

– Ja, vissa typer av ingripanden är en enda stor övning i självbehärskning och impulskontroll. Min uppgift som polis är att se till så att folk sköter sig och ställer till med så lite skada som möjligt ute i samhället. Lagen ger mig rätt att bruka våld i tjänsten, men det är jag själv som avgör när det är nödvändigt att jag använder mig av min aggressivitet och fysiska styrka. För det mesta måste man behärska sig och låta bli att slå folk på käften fast det kokar i en, men ofta måste man också sätta hårt mot hårt för att få kontroll över situationen. Och ibland blir man bara så jävla trött på hela skiten att man tillfälligtvis frångår reglerna och tar till mer våld än nöden kräver.

FRIDAS FRISTAD

Man

När krogen stängde vid fem gick jag hemåt och stannade till och snackade med två brudar på gatan. Men jag hinner inte mer än börja förrän en snutbil tvärnitar bredvid mig och två snutar hoppar ur och griper tag i mig. "Nu följer du med här!" Jag var ungefär hundra meter från mitt hem, och jag pekade ut var jag bodde och förklarade att jag klarade mig bra. "Det är inget att diskutera, nu kommer du med här!" I bilen fortsatte jag att ifrågasätta deras agerande. "Varför kör ni mig inte hem istället? Det tar mindre än en minut och är närmare än till polisstationen." Men dom hade bestämt sig och började ställa sina standardfrågor. "Var har du varit? Hur mycket har du druckit?" o s v. Jag svarade ärligt och tyckte att jag kunde hålla en hyfsat hövlig ton. Efter ett tag frågade dom om jag hade tagit nåt annat än alkohol, och jag svarade nej eftersom jag inte hade det. Sen började dom visitera mig, drog ut allt ur mina fickor och fortsatte att fråga om drogerna som dom trodde att jag hade tagit. Dom tjatade och försökte få mig att erkänna, vilket jag alltså inte kunde göra eftersom jag var oskyldig. "Ja, har du inte tagit nåt så kan du ju följa med oss till stationen och lämna ett pissprov då." "Javisst, jag har inget att dölja, men helst vill jag bara hem och sova." Vilket dom gav fullständigt fan i, så det slutade med att jag fick följa med till stationen där dom visiterade mig helt. Jag blev muddrad mot en vägg, fick tömma fickorna på varje liten pryl, plocka ur piercingar och strippa av mig exakt ALLA kläder framför två snutar. Hur jag skulle ha hunnit gömma nåt i röven under dom sekunder det gick från det att jag såg dom till att dom stannade intill mig är en gåta. Jag har egentligen inget problem med att strippa och så, men jag kan tänka mig att om det händer en lite blygare typ kan det nog vara rejält jobbigt. Det slutade med att jag fick pissa, och sen skickade dom in mig i en fyllecell. Riktigt onödigt eftersom jag inte ens var särskilt full. Jag tycker att dom kunde ha låtit mig pissa och dra därifrån om dom nu trodde så mycket på att jag var hög. Nu i efterhand har jag hört att folk som hamnar i fyllecell får blåsa, men det fick inte jag, för då hade det väl visat sig att dom hade tagit in mig på fel grunder. Jag var full, men inte SÅ full. Jag började tjafsa med en av snutarna och ville veta varför dom hade tagit in mig. Han sa att dom hade valt att göra så för att jag "tog beslut som påverkade mig negativt". Tydligen kan dom ta in folk i några timmar av den anledningen. Jag sa också saker som att hans jobb var att skydda allmänheten, inte att slösa tid på att argumentera med folk om skitsaker. Jag vägrade bli överkörd och tjafsade tillbaka, vilket ledde till att en av snutarna blev sur och tog i med hårdhandskarna. Det var väl inte polisbrutalitet direkt, men hur man än ser på det så blev viktig polistid bortslösad på grund av deras agerande.

Till en början var jag lite småfull och roade mig med att göra armhävningar och rulla ihop plastmadrassen i cellen till en korv, men efter en kvart satt jag bara och stirrade in i väggen. När pulsen från armhävningarna hade lagt sig så märkte jag också att det var jävligt kallt, och då hade jag ändå en långärmad tröja på mig. Jag la mig ner och försökte sova lite, men det var alldeles för kallt för det, så jag låg bara och huttrade. Jag började bli förbannad och reste mig upp och började sparka så hårt jag kunde på dörren för att hålla värmen. Jag tittade ut i den svagt upplysta korridoren genom det lilla fönstret på dörren och lyssnade men ingen snut dök upp och försökte stoppa mig.

Jag fortsatte att sparka på dörren tills jag var helt utmattad. Sen satte jag mig ner igen och vaggade fram och tillbaka. Vid det laget hade jag nog inte varit där en halvtimme ens. Jag la mig ner och sov kanske tio minuter innan jag vaknade igen, och så fortsatte det i flera timmar. När jag väl blev utsläppt och fick tillbaka mina nerspydda kläder kunde jag inte tänka på annat än att ta mig hem och sova. Innan jag gick fick jag en historia uppläst för mig om hur det hade gått till kvällen innan, och min kommentar till det var: "Ja, det här var ju inte meningen." "Nej, det brukar inte vara det", fick jag till svar.

Man

Har just råkat ut för en ganska obehaglig episod på stan och känner för att skriva av mig. En knarkare gick omkring och ofredade folk, kallade tjejer för horor och fittor, vrålade och var allmänt stökig. Jag råkade väl blänga lite för mycket på honom, för han gjorde ett utfall mot mig och hotade att slå in pannbenet på mig. Dessutom skrek han så fradgan stänkte och jag fick hans vidriga saliv i ansiktet. Eftersom jag är en i grunden god och stillsam människa drog jag mig undan, även om jag hade god lust att drämma kassen med fredagsvinet i huvudet på honom och förinta honom från jordens yta. Det har hänt att jag vänligt men bestämt har sagt till knäppisar som sitter och gormar på bussen och förpestar tillvaron för fredliga medborgare, men den här snubben blev jag fan skraj för. Jag är ganska tolerant, eller åtminstone har jag varit det tidigare. men det börjar bli lite för mycket av den här typen av individer på stan nu. Jag börjar tappa tålamodet och känner mig lite fascistisk, vilket skrämmer mig. Jag önskar nästan att man kunde göra sig av med allt slödder på ett snabbt och smidigt sätt. Min fråga är nu hur man ska agera mot den här typen av människor. De kan ju faktiskt vara farliga. Jag funderade ett slag på att ringa snuten, men de hade väl knappast brytt sig.

Man
Varför skulle inte snuten bry sig? Uppvärmning inför kvällen, puckla på en loser och temporärt befria medelklassen från problemet...

Man
Gå till macken, fyll en hink med bensin, kasta soppan på pundaren och tänd på. Han är ju ändå redan påtänd, ha ha.

FRIDA

Killen som är misstänkt för den grova överfallsvåldtäkten som vi har jobbat med i flera månader är häktad nu, och åklagaren tar över. Förundersökningsprotokollet är flera hundra sidor långt, och det finns ett omfattande sidomaterial som inte har tagits med i protokollet. Innan var det en polisiär förundersökningsledare som ansvarade för ärendet, och jag och en kvinnlig kollega var handläggare. Arbetsbelastningen var hela tiden hög, så vi arbetade samtidigt med andra fall rörande grova brott.

Våldtäktsärenden är ofta svårutredda eftersom det för det mesta saknas vittnen till själva händelsen. Stödbevisning i form av synliga skador på offret, eller DNA-spår från den misstänkte gärningsmannen på offrets kropp, saknar i många fall bevisvärde, till exempel om den misstänkte gärningsmannen medger att sexuell kontakt har förekommit. Våldtäktsbrottets karaktär ur integritetssynpunkt kan också göra utredningarna mer svårhanterliga än andra.

Offrets egna uppgifter är nästan alltid avgörande för möjligheten att kunna driva ett våldtäktsärende till åtal och fällande dom. Därför är det viktigt att kontrollera alla detaljer i kvinnans berättelse och kanske till och med ifrågasätta det hon berättar. Man måste göra en trovärdighets- och tillförlitlighetsbedömning, vilket inte alltid är så lätt. Enligt regelboken ska en trovärdig utsaga vara klar, levande, detaljrik, logisk, påvisat sanningsenlig i viktiga enskildheter och fri från motsägelser, överdrifter, svårförklarliga moment och tvekan. I det här fallet var utsagan allt annat än det. Som tur är finns det teknisk bevisning och andra omständigheter som troligtvis räcker för att väcka åtal. Men säker kan man aldrig vara.

Varje gång det handlar om våldtäkt tänker jag på Fabian och på det han gjorde sig skyldig till när han var yngre. I värsta fall har han gjort det senare också, men det har han i så fall kommit undan med. Eller jag vet inte, för jag håller inte koll på honom längre och har slutat bry mig om vad han gör. Han tar aldrig kontakt med mig, och jag har tröttnat på att vara ensam om att försöka hålla vårt förhållande vid liv. Sista gången vi träffades var när jag besökte honom i fängelset.

Jag har träffat Amanda Folkesson, kvinnan som Sjölund misshandlade för tio år sen. Jag berättade för henne att jag har läst domarna mot Tobias, men att jag gärna ville höra henne berätta själv om det som hände.

Det är ju längesen nu, men jag glömmer det aldrig. Jag blir fortfarande ledsen när jag tänker på det. Att jag inte ville anmäla honom fast han hade gjort mig så illa…

Vi hade bara varit bekanta i några månader innan, men han bodde hos mig, och han hade aldrig misshandlat mig tidigare. Dagen det hände hade han druckit, och han var väldigt irriterad och stingslig.

Det började med att han ville prata, men jag kommer inte ihåg om vad. Det kan ha varit att vi tjafsade om mina gamla ex, men jag kommer inte ihåg nu exakt vad det var som satte igång det. Jag triggade honom inte, men efter ett tag blev han väldig aggressiv och började hota mig. Han gick runt i lägenheten och gapade och skrek. Vi ett tillfälle hämtade han en hammare och slog den i teven. Han var frustrerad för att jag inte sa nånting. Men jag var så rädd att jag inte kunde prata. Han blev argare och argare av att jag inte svarade honom. Det höll på jättelänge, och jag kommer inte ihåg i vilken ordning allting hände. Först slog han mig, sen slog han sönder saker, sen kom han tillbaka och slog mig igen. Dom flesta slagen träffade mig i huvudet, och det var stenhårda slag som gjorde jätteont. Och han slet av mig och hade sönder mitt halsband och armband, kommer jag ihåg. Och han… Det var före jul, så jag hade köpt en amaryllis, och den slet han upp ur krukan och tryckte in i ansiktet på mig. Han mosade sönder löken mot mitt ansikte. Jag satt i soffan då, och jag fick jord och skräp i ögonen och munnen och över hela mig.

Sen såg jag att han kom emot mig med vattenkokaren. Jag satt helt stilla eftersom jag inte trodde att han skulle hälla vattnet på mig. Jag hade jeans och tröja på mig och han gick fram till mig och hällde vattnet i mitt knä mellan mina ben. Jag visste inte hur mycket vatten det var i vattenkokaren, men den var inte full. När han slog mig hade han sagt att jag inte fick skrika för att polisen kunde komma, så jag var tyst och gjorde allt jag kunde för att lugna ner honom, men när jag fick det där kokande vattnet på mig kunde jag inte hindra mig själv från att skrika, och då tog han strypgrepp på mig och höll det så länge att det svartnade för mig innan han släppte taget. Jag var livrädd och trodde att jag skulle dö. Sen gick han iväg men kom tillbaka och gjorde samma sak en gång till. ”Nu ska du dö”, sa han. Jag tänkte då att det var lika bra att han dödade mig, för jag kände att jag inte orkade mer.

Jag kommer inte ihåg hur jag hamnade i sängen, men när jag låg där slog han mig flera gånger i ansiktet med både knyt-nävarna och med olika tillhyggen, som till exempel en lamp-fot och en tavelram. Han slog i omgångar, och slagen träffade överallt på kroppen. Jag försökte skydda huvudet med hän-derna, men det hjälpte inte så mycket.

Sen hamnade jag i badrummet utan att jag visste hur det hade gått till. Jag låg på badrumsmattan och han stod över mig. Han rev ner tvättställningen från väggen och tryckte den mot min hals. Jag tänkte att jag skulle dö om han tryckte för hårt. Jag var rädd att han skulle kväva mig med den. Sen tog han sats och slog av ena armen på mig med tvättställ-ningen. ”Dö då din jävla hora”, sa han. Efter det svimmade jag. Jag sa aldrig till polisen att han hade sagt att han ville att jag skulle dö eftersom jag inte ville att han skulle åka dit.

Från det att misshandeln började tills jag svimmade gick det flera timmar. Jag kommer inte ihåg mer förrän från da-gen därpå när jag vaknade upp i sängen. Tobias låg i soffan då. Jag vaknade av att jag behövde gå på toaletten, men jag kunde inte röra mig, och Tobias hjälpte mig inte fast jag bad honom. Jag var tvungen att kissa två gånger och göra "nummer två" en gång i sängen. Det var det mest förnedrande jag nånsin hade gjort.

Dagen därpå kom jag upp ur sängen. När jag såg mig själv i spegeln på toaletten bröt jag ihop. Jag hade blött från ett sår i huvudet och jag hade svarta ringar runt ögonen och hela ansiktet var blått och uppsvullet. Ena ögat var helt igenmurat och det rann var från det. Jag hade ett sår på käken som gjorde att jag nästan inte kunde öppna munnen. Jag hade blåmärken på halsen och blåmärken och rispor överallt på hela kroppen. Och på vänstra armen, där han hade slagit mig med tvättställningen, hade jag ett stort sår som hade blivit infekterat.

Tröjan jag hade på mig var genomdränkt av blod. Mitt hår var täckt av blod. Jag hade blod överallt. När jag duschade luktade det blod i hela badrummet och vattnet blev brunrött. Det tog jättelång tid för mig att bli ren och få bort allt blod.

Jag visste att jag kanske behövde läkarvård, men jag ville inte att nån skulle se mig. Jag kunde inte ringa heller eftersom Tobias hade slagit sönder min telefon. Och jag ville inte att han skulle åka dit. Men efter en vecka hittade jag en gammal telefon och kontaktade en kompis. Jag ringde när Tobias var ute och handlade och hon kom till min lägenhet och fick se mig. Då hade han låtit mig ligga med skadorna och smärtorna i cirka en vecka och inte hjälpt mig alls utom att ge mig att äta och dricka.

Innan min kompis kom städade jag upp i lägenheten. Jag gjorde gångar genom alla trasiga saker och kläder så att man kunde ta sig fram, men mer orkade jag inte med bara en arm. Jag brukade ha bra ordning och fint städat hemma, men då såg det ut som efter ett bombnedslag. Det låg jord och blomrester i soffan, och i sovrummet var det blod på väggen ovanför sängen och matrester, blod, kiss och avföring i sängen. På golvet låg det blodiga kläder och blodiga handdukar och det var blod på väggarna och golvet. Det tog mer än tre timmar för mig att städa upp där inne.

Min kompis blev helt chockad när hon fick se mig och hjälpte mig till akuten. Där gjordes det olika undersökningar på mig. Dom röntgade mitt huvud och min arm. Jag hade väldiga smärtor i armen och det visade sig att den var bruten. Det fanns också misstankar om att jag hade skador i huvudet. Och jag fick mitt underliv omlagt på grund av skadorna jag hade fått där. Det kokande vattnet hade orsakat omfattande brännskador på nederdelen av min kropp.

Mina blodvärden var dåliga, så jag fick två påsar blod. Till en början kunde vårdpersonalen inte behandla min arm eftersom jag hade jättehöga infektionsvärden. Dom var rädda att infektionen skulle sprida sig till skelettet. Så jag fick ligga med antibiotika tills värdena hade gått ner. Sen blev det operation och dom satte in spik och skruv i armen. När skelettet hade läkt skulle spikarna och skruvarna tas bort.

Jag var ung och dum och ville inte att han skulle åka i fängelse på grund av mig. Det tog lång tid för mig att sluta ursäkta honom och sluta ta på mig en del av skulden för det som hade hänt. Vi hade varit ihop så kort tid innan, så när han dömdes till ett långt fängelsestraff blev det slutet för oss. Efteråt har jag tänkt att det var tur att den svåra misshandeln inträffade alldeles i början av vårt förhållande, så att jag inte hade hunnit bli nedbruten och beroende av honom. Hade vi fortsatt skulle jag inte han klarat mig, tror jag. Nu fick jag istället en nyttig läxa som har hjälpt mig att inte begå samma misstag en gång till. Jag kommer aldrig mer att låta mig luras av en mans attraktiva utseende eller av att jag tycker synd om honom. Jag blir fortfarande ledsen när jag tänker på hur dålig självkänsla jag hade och hur jag svek mig själv när jag tänkte att jag inte skulle polisanmäla honom. Men jag var så ung då, bara tjugo år, så tyvärr förstod jag inte bättre.

FRIDA

Förutom *Fridas fristad* har vi avdelningen *Fridas frustration*, men den finns bara i min dator, och det är bara Mats och jag som känner till den. Det är där jag tjänstgör som språkpolis. Exakt vem eller vilka i framställningen av en bok det är som bär skulden lär jag aldrig få veta, men jag antecknar "brottsplatser" och dokumenterar själva "brotten". Mats håller med mig i sak, men min frustration förstår han inte, och det kan jag inte begära heller. Han är inte lika språkkänslig som jag. Vanliga slarvfel i en bok noterar jag bara i förbigående, men brott mot språkreglerna reagerar jag rent fysiskt på, med ett sting av obehag. Särskrivning och ihopblandning av de och dem och var och vart förekommer inte så ofta i böcker, men fel när det gäller reflexiva possessiva pronomen träffar man på i stort sett alla böcker. Jag hinner inte läsa så många, men alla som innehåller grammatiska fel hamnar på min lista. Att ta fasta på felen och dokumentera några stycken från varje bok är ett sätt för mig att bli av med obehaget. Jag vet att jag snart kommer att tröttna på det och lägga av, men där är jag inte än.

FRIDAS FRUSTRATION

Kallmyren, Liza Marklund:

"Hans första minne var av henne, från sin tvåårsdag."

"Han trodde att hon kanske hade gått iväg någonstans, hem till någon kompis, lämnat honom åt sin skam och sitt öde."

"Han sjönk ner på den, nästan som i en fåtölj, och fann ett lugn i avstånden framför honom."

"Såg på sin mobiltelefon, eller rättare sagt hennes arbetsgivares."

En främling knackar på din dörr, Håkan Nesser:

"När Herbert dök upp i hemmet någon gång mellan halv sju och sju hade hon alltid en drink i beredskap, en whisky för Herbert, gin och tonic för henne själv."

"Kanske var han i yngsta laget, inte mer än trettio, fem år yngre än henne, men när hon tänkte på honom kunde hon inte låta bli att le."

"Att åtminstone hennes bror ska ta ett initiativ, han är trots allt bara fem år äldre än henne själv."

Maria En kvinnlig komikers dagbok, Mia Skäringer:

"Jag vill bli som henne."

"Han är minst femton år äldre än mig."

"Vi gör slut och han blir istället tillsammans med min kompis som är i samma ålder som honom."

"Och om människor pratar en massa skit om dig så är det deras egen sorg eller rädsla de blottar…"

"Hon är den enda som min förstfödde son knyter an till förutom mig och hans pappa."

Rotvälta, Tove Alsterdal

"Sofi kan vara lite noga. Inte så lite heller. Vill att det ska vara på sitt sätt, fast det är vårt hus hon kommer till."

"Hon var äldre än honom, kanske femtio, och pratade rikssvenska…"

Stenhjärtat, Katarina Wennstam:

"Shirin berättar för honom om Gloria Björling och hennes uppdrag som särskild företrädare för barn."

"Han ser att hon tänker samma sak som honom."

"… ilskan mot det samhälle som är så oförmöget att skydda kvinnor mot sina våldsamma män."

"Eftersom han inte heller blivit sämre och bulan bak i huvudet verkade vara på väg att gå ner, så skickade hon hem Isac Björling tillsammans med sin mamma."

"… när hon vandrar över Västerbron med Stockholms alla ljus knappt synliga nedanför henne genom fuktig kvällsdimma."

"Molly Tessin låter läsglasögonen dimpa ner på luntan med papper framför henne, och blåser ut luft hårt mellan läpparna."

"… kvinnor som fryst henne ute för att hon inte är som dem…"

FRIDA

Ett nytt ärende: Knivvåld i hemmet. Maka knivhugger make och minns ingenting efteråt. Maken bagatelliserar händelsen, trots att hugget var ytterst nära att träffa lungsäcken, vilket betraktas som en livshotande skada. När makan ser att maken blöder ringer hon 112.

Händelsen påminner om det som Sandra gjorde mot Mats en gång, utom att ingen ringde efter hjälp. Hon knivskar honom, och han lät det passera.

Och vad hände när Sandra dog? Jag tänker på det ibland och undrar om sanningen verkligen har kommit fram. Jag tvivlar inte på att Mats tror på förklaringen han fick, för han är ju inte så insatt i hur svårt det är att försvara sig mot en knivbeväpnad person som går till angrepp, men jag som vet har svårt att utan vidare godta det uppmålade scenariot. Jag har inte berättat för Mats att jag tänker på det ibland och tvivlar på att det är sanningen vi har fått veta, och jag tänker inte försöka ta reda på det heller, fast det under rådande omständigheter kanske inte är helt omöjligt att få visshet.

På jobbet arbetar vi vidare med Linneas försvinnande. Johanna Berglund har meddelat att hon vill träffa mig igen. Hon har nya uppgifter att lämna, men hon ville inte ta det på telefon, så vi bestämde att hon ska komma hit.

FÖRHÖR

JB: Jag minns det nu. Jag vet vad det var jag såg samma kväll som Linnea försvann. Det var hennes armband. Jag förstår inte hur jag kunde glömma det.

FL: Vad var det för armband?

JB: Ett som hon ofta hade på sig. Och att hon hade det på sig det den kvällen kan jag bevisa. Jag fotograferade oss nämligen när vi satt vid bordet, och där ser man det tydligt på hennes arm. Det var när jag satt och tittade på gamla foton i min telefon som jag såg det och mindes.

FL: Vad mindes du?

JB: Att jag hade sett det på ett annat ställe också.

FL: Samma kväll?

JB: Ja, efter sen hon hade försvunnit.

FL: Och var såg du det då?

JB: I Antons bil.

FL: I Antons bil.

JB: Ja, när vi åkte runt i hans bil och letade efter henne.

FL: Och var i bilen såg du det ligga?

JB: I baksätet där Petra och jag satt. Det låg på sätet mellan oss, och jag såg det bara som i förbigående och tänkte liksom inte på det.

FL: Men du kände igen det?

JB: Ja, men jag tänkte bara att Linnea måste ha tappat det där nån gång förut.

FL: Du kopplade inte ihop det med att du hade sett det på hennes arm vid bordet tidigare under kvällen?

JB: Nej, jag tänkte inte alls på det då. Att hon hade det på sig då. Det var inte förrän jag såg det på fotot som jag upptäckte det.

FL: Mm.

JB: Jag hade inget minne av att hon hade haft det på sig tidigare under kvällen. Jag måste ju ha sett det men inte tänkt på det. Det var det som gjorde att jag fick den där känslan av att jag hade missat nånting, tror jag nu.

FL: Mm.

JB: Det var inte förrän jag såg det på fotot som jag fattade vad det var som inte stämde. Låter det knäppt?

FL: Nej, inte alls.

JB: När jag insåg vad det kunde betyda kunde jag först inte tro det.

FL: Och vad tänkte du att det kunde betyda?

JB: Att Linnea måste ha suttit i Antons bil samma kväll som hon försvann. Innan han kom och knackade på alltså.

FL: Mm. Rent teoretiskt kan det förstås vara så att hon hade ett eller flera identiskt lika armband, så att det du såg i bilen var ett som hon hade tappat där vid ett tidigare tillfälle.

JB: Ja, så kan det förstås vara. Men det var ett ganska speciellt armband. Hon hade fått det av sin mamma, vet jag att hon berättade en gång, så det kan inte ha varit nytt i alla fall.

FL: Nej. Vi får ta reda på det. Kan du beskriva hur armbandet såg ut?

JB: Ja, det verkade vara av silver, med ganska stora länkar i form av en blomma. Som en liten smörblomma ungefär. Och på varje kronblad satt det en gnistrande liten sten. Du kan få se det på fotot också.

FL: Hur säker är du på att det var Linneas armband du såg på sätet i bilen?

JB: Hundraprocentigt säker.

FL: Vad är det som gör att du är säker?

JB: Att jag kände igen det på fotot i min telefon efteråt.

FL: Men du säger att du bara såg det i förbigående och knappt registrerade det. Dessutom var det ju mörkt i bilen?

JB: Ja, jag vet. Men jag skulle inte ha kopplat ihop det med fotot om det inte hade varit samma armband.

FL: Fanns det nån detalj kanske, som du fastnade för och kände igen?

JB: Nej, det var helheten. Jag bara vet att det var samma.

FL: Men hur kunde du se det så tydligt i mörkret?

JB: Jag vet inte. Jo, det vet jag förresten. Det blänkte till i ljuset från min mobil när jag försökte ringa till Linnea. Nu minns jag det. Och jag kände hennes parfymdoft i bilen.

FL: Gjorde du? Det har du inte nämnt förut?

JB: Nej, det dök upp just nu.

FL: Doften kan förstås ha kommit dit vid ett tidigare tillfälle.

JB: Nej, den var stark, som om hon nyss hade suttit där.

FL: Du såg armbandet i ljuset från din mobil, säger du, men ändå reagerade du inte på att det låg där?

JB: Nej, inte medvetet, och det berodde på att jag var så

koncentrerad på att få fram hennes nummer. Jag vet att det kanske låter konstigt, men jag minns det tydligt nu.

FL: Och du är helt säker på att armbandet som du såg en glimt av i bilen och armbandet på fotot i din telefon var samma armband?

JB: Ja, helt säker. Och nu förstår jag varför också.

FRIDA

Johannas iakttagelse tyder på att Linnea befann sig i Antons bil samma kväll som hon försvann, vilket innebär att det kan vara han som ligger bakom hennes försvinnande. Men hur tillförlitlig är Johannas uppgift?

För att uppfatta vad som händer omkring oss behöver vi vara koncentrerade och uppmärksamma, vilket Johanna inte var just då, eftersom hon var fokuserad på sin mobiltelefon. Även om vår förmåga att lagra minnen är stor, saknar vi kapacitet att hålla kvar all information som vi mer eller mindre omedvetet fångar upp. Minnet fungerar selektivt så att det mesta vi uppfattar bara sveper förbi och glöms bort igen.

Själva minnesprocessen sker i tre steg – genom inkodning, lagring och framplockning. Först måste vi uppfatta informationen, och det gör vi med hjälp av syn, hörsel, känsel, lukt och smak. Ju fler sinnen som är inblandade i minnesprocessen, desto lättare är det att minnas. I Johannas fall rörde det sig bara om vad hon såg.

När informationen har bearbetats lagras den. Först måste vi förstå och bearbeta den så att vi kan koda in den och spara den på rätt plats. Eftersom det krävs en viss process innan den lagras och senare kan återkallas, stannar bara en bråkdel av allt vi uppfattar kvar. Men det betyder inte att informationen är försvunnen för alltid. Känslan Johanna beskriver, att inte lyckas locka fram ett visst sinnesintryck ur minnet, är vanlig. Minnet finns där, men går för tillfället inte att medvetandegöra.

För att erinra sig saker kan det hjälpa om man får en ledtråd eller en association. Ett berömt exempel finns i Marcel Prousts *På spaning efter den tid som flytt,* där huvudpersonen, som har smakat på en Madeleinekaka, genom smaksinnet plötsligt får minneskontakt med sin barndom. Det är alltså inte omöjligt att Johanna enligt samma princip mindes att hon såg armbandet i Antons bil när hon fick se det på ett foto senare.

En av våra civilutredare har fått cancer. Hon är bara trettiofyra år och har två små barn, så jag hoppas verkligen att hon kommer att klara sig.

När Siw blev sjuk tänkte jag först inte på att det kunde bero på covid-19-vaccinet som många tror kan framkalla cancer, men sen när allt gick så fort blev jag uppmärksam på vad som skrivs om det på sociala medier. Men det gick kanske inte så fort som det verkade. Hon hade kanske varit sjuk länge innan hon fick det bekräftat och kom under behandling.

FACEBOOK

Camilla Ståhlberg
Barnafödslar minskar.
Autoimmuna sjukdomar ökar. Alla.
Cancer ökar. Speciellt aggressiv cancer.
Dödsfall med "dödsorsak oklar" ökar.
Friska människor faller ihop och dör.
Och experterna förstår inte ALLS vad det kan bero på.
De är förbryllade.
Ett och ett kan fallen vara tillfälligheter. Men det är extremt många tillfälligheter just nu. Skrämmande många. Orimligt många tillfälligheter utan förklaring.
Min fundering är: Vad har vi gjort annorlunda de senaste åren som kan ha skapat detta?

Lars Wall
Först lurade dom dig att tro att hosta och snuva är livsfarligt. Nu lurar dom dig att tro att blodproppar, myokardit och plötslig vuxendöd är helt normalt.

Gittan Olsson
Våran granne dog i förra veckan. Han fick förmodligen hjärtstopp eller en infarkt när han satt och kollade på tv i soffan. En annan granne hade oxå ringt ambulans så det var två ambulanser på gatan samtidigt. I går ramlade en man ihop inne på Coop när mamma var där och handlade. Ambulansen hade inte bråttom iväg så förmodligen slutade det illa för honom också. Att folk rasar ihop händer hela tiden nu enligt en bekant som jobbar inom vården.

Lars Wall
Fruktansvärt, och ändå sover så många fortfarande.

Ylva Borén

Ur Nya Dagbladet:

"Statistik från Europeiska kommissionen vittnar om att överdödligheten i EU fortsatte att stiga under sommaren och nådde +16 % jämfört med samma period 2016–2019. Detta motsvarar cirka 53 000 fler dödsfall under juli 2022 jämfört med månadsgenomsnittet 2016–2019.

Exakt vad den kraftiga överdödligheten beror på är inte klarlagt, men Eurostat spekulerar i att värmeböljor i vissa europeiska länder under juli månad kan ha bidragit till de ökade dödsfallen.

Många användare hävdar också att det är just bieffekter kopplade till de kontroversiella covid-vaccinen som ligger bakom dödligheten och pekar bland annat på hur allt fler unga människor dör av hjärtsjukdomar, blodproppar och andra åkommor som kopplats ihop med injektionerna.

Andra menar att nedstängningspolitiken under coronakrisen gjorde att många inte vågade eller fick den vård de behövde för olika sjukdomar och skador – och att bristen på vård under nedstängningspolitiken lett till dödsfall i efterhand. Man pekar bland annat på att patienter under restriktionerna ofta fått sina cancer-undersökningar inställda och att detta kan ha lett till ökad dödlighet nu under sommaren.

Ytterligare en annan förklaringsmodell som lyfts fram är att covid fortsätter att vara farligt och att vaccinen inte alls är lika effektiva som utlovats, att människor nu dör av viruset trots att de vaccinerat sig både tre och fyra gånger och trots att politiker deklarerat att pandemin är över."

Tanja Håkansson

Allt fler människor drabbas av svåra och ovanliga sjukdomar. Många av sjukdomarna är av autoimmun karaktär, hjärt-kärlsjukdomar (stroke, hjärtmuskel-/hjärt-säcksinflammation, hjärtinfarkt etc) samt gynekologiska problem (missfall, mensrubbningar, hormonella besvär etc). Samtidigt rapporteras kraftiga ökningar i "all cause mortality" samt kraftiga minskningar i barnafödande i många länder runt om i världen. Slump?

FRIDA

Jag är övertygad om att Linnea är död. Vad som hänt henne
är fortfarande okänt, och så länge vi inte har hittat hennes
kropp har vi inte mycket att gå på.

Alla döda organismer bryts förr eller senare ner. En män-
niskokropp börjar upplösas redan några timmar efter döden,
beroende på hur man räknar. Celler och vävnader faller sön-
der. Det bildas vätska och gaser. Insekter och andra orga-
nismer invaderar kroppen och förökar sig. Om klimatet är
detsamma tar det dubbelt så lång tid för kroppen att falla
sönder i vatten som i luft. I jord tar det åtta gånger så lång
tid. Asätande insekter som lever på kadaver och mikroorga-
nismer som bryter ner mjukdelarna klarar sig inte utan luft,
så är kroppen begravd hämmas förruttnelseprocessen. Bioke-
miska reaktioner som bryter ner själva cellerna går långsam-
mare och processen som under andra omständigheter skulle
ta dagar eller veckor kan pågå i månader eller till och med år.
Luft, vatten, jord: ett, två, åtta.

En nergrävd kropp ger ofta ifrån sig tecken. Först tar den
upp plats i graven så att det bildas en synlig hög på markytan
när den uppgrävda jorden läggs tillbaka. Sen, när sönderfal-
let av kroppen har pågått en tid, börjar högen sjunka ihop,
och när kroppen till slut har ruttnat bort så att bara skelettet
återstår, bildas det istället en liten fördjupning i marken som
visar var graven ligger. Jord som det har grävts i är inte heller
lika kompakt som marken runt omkring, vilket också kan
vara en indikation på att det är en grav det är frågan om.

Vegetationen på graven kan vara ytterligare ett tecken på
att den finns där. Eftersom näringen från det sönderfallande
liket göder växterna, blir tillväxten snabbare och ger ett fro-

digare bladverk än den omgivande växtligheten har. Letar man efter en grav så finns det alltså flera olika tecken att vara uppmärksam på vid sökandet.

Men vi vet inte om Linneas kropp är begravd. Om det är Anton som ligger bakom hennes försvinnande och död, som Johannas iakttagelse av armbandet i hans bil talar för, vet vi inte hur han har hanterat hennes kropp eller var han kan ha gömt den. Vi vet inte ens var vi ska leta.

Jag har funderat lite över armbandet. Om Linnea fick det av sin mamma, har kanske hennes syster upplysningar om det också, tänkte jag och ordnade ett nytt möte med henne.

Vi träffades i radhuset där hon bor.

FÖRHÖR

FL: Jag har en fråga till dig om ett armband som Linnea hade på sig samma kväll hon försvann. Du kan se det på fotot här. Känner du igen det?

MH: Ja, det är det hon fick av mamma. Själv fick jag ett par öronclips som går i samma stil, och mamma hade en halskedja som hörde till. Hon gav oss smyckena när hon blev sjuk och sa att vi kunde spara dom tills vi blev stora.

FL: Varifrån hade hon själv fått smyckena?

MH: Hon hade ärvt dom efter mormor. Så dom är ganska gamla.

FL: Är dom värda mycket pengar?

MH: Nej, det tror jag inte. Blommorna ser ut att vara gjorda av silver och diamanter, men det är bara glas och metall, tror jag. Mormor skulle aldrig ha haft råd att köpa dyra smycken.

FL: Du har aldrig värderat dina clips?

MH: Nej, det har jag inte. Du kan få se dom om du vill. Jag tog fram asken när du ringde.

FL: Ja, gärna. Vad hände med halskedjan?

MH: Den fick mamma med sig i graven. Så här ser dom ut.

FL: Åh, jättefina. Har du möjligtvis ett förstoringsglas? Jag tycker faktiskt att det ser ut som en silverstämpel här.

MH: Gör det?

FL: Mm. Pratade Linnea om sitt armband nån gång? Var hon förtjust i det?

MH: Ja, hon hade det alltid på sig vid festliga tillfällen.

FL: Tack. Jo, det är en pytteliten silverstämpel här. Helt klart.

MH: Oj, det trodde jag inte. Då är dom kanske värda lite i alla fall?

FL: Ja, det kan dom vara.

MH: Jag använder dom aldrig, men dom är ett minne av mamma, så jag skulle aldrig sälja dom. Men det kan ju vara bra att veta hur mycket dom är värda i alla fall.

FL: Ja, det tycker jag absolut att du ska ta reda på.

MH: Men Linneas armband är borta?

FL: Ja, det enda vi vet är att hon hade det på sig när hon försvann.

MH: Jag har frågat mig så många gånger vad det var som hände den där mörka kvällen och natten... Jag har så svårt att hitta en förklaring till hennes försvinnande. Om hon gick ut i skogen och trillade omkull och skadade sig kan det vara en förklaring. Samtidigt tänker jag att hon borde ha vaknat upp av kylan ganska snart om hon hade svimmat och fallit omkull. Och hade hon trillat, fått en huvudskada och blivit medvetslös, borde kroppen ha hittats. Polisen letade i skogen men hittade ingenting. Tydligen är skogen runt stugan väldig snårig, men jag vet inte exakt hur det ser ut där.

FL: Nej, vi hittade ingenting.

MH: Eller blev hon påkörd på vägen av en som kanske körde rattfull och som sen skaffade undan kroppen?

FL: Det är också möjligt.

MH: Eller blev det bråk i sommarstugan? Blev hon osams med sina vänner så att hon blev skadad och råkade dö? Men då borde det ha funnits spår av det. Och var är i så fall kroppen? Hon kan i alla fall inte ha gett sig av frivilligt utan att ha ordentliga kläder på sig och utan pengar.

FL: Vad tror du om självmordsteorin då?

MH: Den har jag aldrig funderat på. Linnea skulle aldrig ta livet av sig. Det vet jag med hundraprocentig säkerhet.

FL: Du tyckte inte att hon verkade bekymrad och nere då? Att hon hade förändrats den senaste tiden?

MH: Nej, inte alls. Hon mådde inte så bra när hon var ihop med Tobias, men det var ju flera år innan. Jag vet att han fortsatte att förfölja henne, men det gjorde henne bara arg och beslutsam, inte ledsen och svag. Hon var stark och kände sig inte alls som ett offer.

FL: Vad vet du om hennes förhållande med Tobias?

MH: Jag vet att han misshandlade henne, fast hon aldrig sa det rent ut. Jag vet inte hur allvarligt det var, för vi träffades inte så ofta under den tiden. Hon skämdes och tyckte att hon borde klara av honom själv, sa hon efteråt. Hon skämdes för att hon lät honom stanna och inte lyckades göra slut med honom fast hon visste hur han var. Men till slut fick hon iväg honom i alla fall.

FL: Tror du att Tobias kan ha nånting med hennes försvinnande att göra?

MH: Jag har tänkt tanken, men jag vet inte… Jag tänker att det borde ha hänt precis när hon gjorde slut i så fall och inte flera år efteråt. Men jag vet inte.

FL: Har du haft nån mer kontakt med Anton då?

MH: Nej, ingen alls. Men jag vet att han bor kvar i hennes lägenhet och jobbar som vanligt. Det är väl inte mycket annat han kan göra. Han kanske fortfarande går och hoppas att hon ska komma tillbaka.

FL: Mm.

MH: Hoppet är det sista som överger en människa sägs det,

och det tror jag är sant. Så länge man inte har hittat hennes kropp finns hoppet om att hon lever kvar. Samtidigt inser jag hur liten den möjligheten är.

FL: Mm.

MH: Nu har det gått snart ett år sen hon försvann och ingenting har hänt. För er hos polisen är hon bara en i mängden av alla som försvinner. För er är hon bara ett namn och en person som ni inte känner, men för mig... Den som inte har upplevt det själv kan nog inte förstå hur det känns att plötsligt förlora en nära anhörig utan att veta vad som har hänt.

FL: Nej, det är omöjligt att föreställa sig.

MH: Det värsta är ovissheten. Jag förstår att det kan kännas som en lättnad att få klart besked. Även om det betyder att allt hopp är ute, så måste det ändå kännas som en befrielse att få visshet.

FL: Ja, så brukar det vara.

FRIDA

Efter Johannas och Mirjas vittnesmål höll Robert ett nytt förhör med Anton. Vi upplyste honom om hans rätt att ha ett förhörsvittne närvarande under förhöret. Utan förhörsvittne får förhöret enligt reglerna hållas bara om det skulle medföra "väsentlig olägenhet" att skjuta upp det, och så var det ju inte här.

Den som anlitas som förhörsvittne ska vara trovärdig, och i praktiken handlar det oftast om poliser, trots att man i första hand ska anlita ett lagstadgat medborgarvittne. Vid det här tillfället var det jag som fick gå in som förhörsvittne.

Det är inte tillåtet att förhöra en person upplysningsvis om han når upp till misstankegraden skäligen misstänkt, och det gör inte Anton, även om han som Linneas sambo inte kan undgå misstankar. Vi bedömde att uppgiften om armbandet inte är tillräckligt graverande och beslöt att ligga lågt och avvakta. I annat fall hade vi varit tvungna att ge honom en formell delgivning av misstanken innan förhöret kunde fortsätta, men det behövde vi alltså inte göra.

FÖRHÖR

FL: Vilken sorts bil har du?

AB: En Toyota Avensis.

FL: Och det är samma bil som du hade när Linnea försvann?

AB: Ja.

FL: Vilken färg har den?

AB: Svart.

FL: Är den utrustad med GPS?

AB: Nej, ingen GPS.

FL: Hur ofta använder du den?

AB: Varje dag till jobbet och ofta på fritiden också.

FL: Använde Linnea den också?

AB: Nej, hon hade inget körkort.

FL: Men hon åkte med som passagerare ibland?

AB: Ja, naturligtvis.

FL: Var i bilen brukade hon sitta?

AB: Bredvid mig i framsätet.

FL: När var sista gången hon åkte med dig i bilen innan hon försvann?

AB: Det minns jag inte.

FL: Tänk efter. Ni hade kanske några rutiner som kan hjälpa dig att minnas? Om du till exempel brukade hämta henne med bilen vid hennes jobb eller om ni åkte och handlade tillsammans eller liknande.

AB: Ja, i så fall kanske jag hämtade henne vid jobbet nån dag den veckan. Men det kan jag inte svära på.

FL: Nej, okej. Minns du om ni åkte tillsammans i bilen till nån fest eller liknade tiden innan hon försvann då?

AB: Nej, det är jag säker på att vi inte gjorde. Skulle vi på fest tog vi alltid taxi. Och vi hade inte varit ute på länge då. Hon nämnde det faktiskt innan hon åkte, att det var längesen hon hade varit ute själv också.

FL: Varit ute och roat sig?

AB: Ja, precis.

FL: Kan du säga nånting om hur hon var klädd den här kvällen?

AB: Nej, tyvärr.

FL: Frisyr, klänning, smink, smycken?

AB: Ja, hon var säkert uppklädd, men jag minns inte hur.

FL: Nej, okej. När hon åkte med dig i bilen brukade hon inte sitta i baksätet, säger du. Fanns det nån särskild anledning till det?

AB: Ja, hon blev åksjuk om hon satt där. Men hon la ofta in väskor och ytterkläder i baksätet, eller slängde av sig en mössa eller halsduk där om hon blev för varm.

FL: Okej. Minns du om du hittade några persedlar eller föremål som tillhörde henne i bilen efter hennes försvinnande?

AB: Nej, det gjorde jag inte.

FL: Det är du säker på?

AB: Ursäkta att jag säger det, men jag förstår inte riktigt vad du vill med det här? För mig är det viktigare att få veta vad som hände. Ju mer jag tänker på det, desto säkrare blir jag på att hon tog livet av sig. Att det var det hon rusade iväg och gjorde.

FL: Du tror inte att det var överlagt i så fall?

AB: Nej, hon hade ju lovat mig att säga till om hon kände att hon började förlora kontrollen. Det är därför jag tror att det måste ha varit en hastigt uppkommen impuls.

FL: Hade hon sökt professionell hjälp för sina självmordstankar nån gång?

AB: Nej, det hade hon inte. Jag ville naturligtvis att hon skulle göra det, men hon litade inte på vården, sa hon. Hon vägrade lyssna på mig. Dessutom såg hon det som en svaghet att hon var deprimerad och tyckte att hon borde kunna klara av det själv.

FL: Vad tror du var grunden till hennes depression?

AB: Jag tror att det var förhållandet med Sjölund som knäckte henne, och att hon inte kunde få stopp på honom efteråt.

FL: Berättade hon för dig hur förhållandet med honom hade varit?

AB: Nej, inte mycket. Hon skämdes och tyckte att hon fick skylla sig själv som hade gett sig in i det. Hon ville inte prata om det.

FL: Vad vet du om hennes relationer med män före Sjölund?

AB: Inte mycket där heller. Hon ville se framåt och inte hålla på och älta det förflutna, som hon sa. Men jag förstod ju att det fanns saker som hon behövde bearbeta. Annars skulle hon ju inte ha varit deprimerad. Om jag bara hade förstått hur illa det var… Då hade jag tvingat henne att söka hjälp. Men jag förstod inte, och den skulden får jag leva med.

Jag får fortfarande en känsla av att Anton inte är riktigt ärlig. Varför nämner han till exempel att Linnea brukade lägga sina kläder i baksätet på hans bil? Det verkar ganska omotiverat, tycker jag. Slogs han kanske av tanken att vi kan hitta Linneas DNA där, och att det i så fall inte skulle stämma med det han precis hade sagt, att hon aldrig brukade sitta i baksätet, och att han ville gardera sig mot det?

Och varför vill han så gärna få oss att tro att hon begick självmord? Är det hans egen sanna övertygelse, eller försöker han leda bor misstankarna från brott och därmed från sig själv? Och är det sant att Linnea inte litade på vården? Inte för att det finns så stor anledning att göra det längre, men ändå?

FRIDAS FRISTAD

Kvinna

Jag har kämpat i snart två års tid för att få hjälp och rätt be-handling av psykiatrin men blivit sviken gång på gång. Jag har behandlats med massor av olika antidepressiva som jag bara har blivit sämre av. Jag har haft många olika läkare som inte har kunnat hjälpa mig, och jag har tappat tilliten till dem TOTALT. Jag har haft suicidtankar och gjort mig illa och är fortfarande djupt deprimerad. Det finns igen skönhet, inget hopp, ingen glädje, ingen kärlek. Det enda som finns är den svarta ångesten och en önskan om att få dö. Vid det här laget vet jag helt säkert att saker och ting aldrig kommer att förändras till det bättre och att jag aldrig kommer att bli frisk. Jag orkar liksom inte kriga längre för att få rätt hjälp när jag vet att den ändå inte finns.

Kvinna

Och att poliser hämtar människor som mår dåligt med tvång i deras hem är ett skämt. En del poliser behandlar en som en kriminell, fast man inte är farlig för andra utan bara ligger som en boll och inte rör på sig och bara vill dö. Och sen deras omänskliga beteende i polisbilen mot en som är förtvivlad och totalt hjälplös borde göra att de hamnade i fängelse.

Man

Det här är mitt första inlägg här. Att det ska leda till att jag får hjälp tror jag inte, men jag skriver ändå, om inte annat så för att sätta ord på min situation. Jag har lidit av ångest och depression och isolerat mig under flera perioder i mitt liv, men jag har trots det alltid haft ett visst hopp om framtiden.

Det hoppet har jag inte längre. Psykiatrin lyssnar inte. Dom bara följer sin mall och säger åt patienten att testa medicinering, och fast jag har testat alla möjliga mediciner i höga doser i många år utan att det har hjälpt så tycker dom ändå att jag ska fortsätta med det. Inga andra metoder prövas. Dom säger att det finns andra sätt, men för att slippa lägga ner mer tid på patienterna så skriver dom bara ut antidepressiva. "Det finns rätt hjälp att få" är ett påstående som inte alls stämmer. Att jag gick med på medicinsk behandling var mitt livs största misstag. Jag fick mediciner som gjorde att jag låg i sängen och bara skrek, jag grät konstant och fick mentala sammanbrott varje dag. Jag kände inte igen mig själv längre. INGET kunde distrahera mig, och jag tänkte på självmord hela tiden, varje timme, varje dag. Jag började googla självmordsmetoder. Hade jag haft tillgång till ett skjutvapen eller bott nära en järnväg hade jag inte levt idag. Egentligen vill jag ha hjälp och få stöd av samhället, men min tro på systemet är helt borta, för allt ska bara behandlas med nya mediciner hur lite det än hjälper.

Man

Jag sökte till psykiatrin p g a självmordstankar och självmordsförsök. Får först prata i telefon med någon och svara på en massa frågor om droger och alkohol som jag inte använder. Det kändes förödmjukande. När jag sen kommer dit och får prata med en läkare, så sitter han bara där med helt uttryckslöst ansikte och ger knappt någon respons alls på det jag säger. Jag blir nervös och pratar på. Till slut avbryter han och säger att jag ska vända mig till vårdcentralen istället.

Kvinna

Har varit djupt deprimerad under lång tid nu. Har sökt hjälp hos psykiatrin, och det ska bli en utredning, men det dröjer. Fick veta att min psykmottagning inte har några psykiatriker alls för tillfället. Och jag vet ärligt talat inte om jag tror att de kan hjälpa mig. Känns som att jag är bortom räddning. Jag har inget att se fram emot, inget att leva för. Min värld krymper mer och mer och det känns som att allt snart är slut. Jag känner att jag inte orkar kämpa längre, med all oro och ovisshet om framtiden. Allt känns bara tomt och mörkt.

Man

Jag går igenom alla trådar, och jag förstår att man använder det här forumet för att i första hand skriva av sig, men det skulle vara bra om man kunde hitta ett svar som kunde hjälpa en och leda till något bättre också. För ett år sen bad jag om ett akut samtal med min dåvarande läkare eftersom jag mådde extremt dåligt. Men det gick inte att ordna. Det krävdes flera påtryckningar, och sex månader senare fick jag träffa en sjuksköterska, trots att jag hade bett om en psykolog. Sen dröjde det ytterligare två månader innan jag fick träffa min läkare. Vid det laget hade jag sjunkit ner i en djup depression. När jag till slut träffade läkaren hade han dessutom glömt vem jag var och hade tydligen inte ens besvärat sig med att skumma igenom min journal. Min dröm är att få leva ett "normalt" liv. Motion, regelbundna måltider och sömn, socialt sammanhang, mediciner och kunskap om min sjukdom är saker som jag redan har, men det räcker inte riktigt. Jag vet till exempel inte hur jag ska göra för att hantera rädslan för framtida depressioner, och jag vet inte hur jag ska göra för att inte känna mig som ett offer för sjukdomen. Inte heller vet jag hur jag ska göra för att hålla nära och kära uppdaterade utan att skrämma och vara en börda.

Kvinna
Min syster gjorde ett självmordsförsök och skulle sen bara skickas hem efter magpumpning. Vår pappa frågade om det inte skulle bli någon uppföljning, eller om hon skulle få vård. "Hon kan få elchocker om hon vill", sa läkaren. De vill att folk ska dö känns det som. Blir så uppgiven. Psykisk ohälsa är en av de dödligaste sjukdomarna, ändå tas den inte på allvar ens av psykvården själv. Fyra människor om dagen tar sina liv, och så har det sett ut under lång tid. Inget ändras, samma siffror varje år. Senast för två dagar sen fick psykvården kritik för att ha skickat hem en deprimerad människa som sen tog livet av sig. Regeringen gör inget och politikerna gör inget, så det finns inget som helst hopp om att och psykvården ska bli bättre.

Man
Kritiken är befogad. Jag arbetar själv som psykiatriker, så jag vet att era erfarenheter stämmer. Inom psykiatrin har vi kommit till en punkt när det inte bara handlar om arbetsmiljön utan också om patientsäkerheten. Det är ont om personal, och ibland saknar mottagningar tjänstgörande läkare. Det orsakar långa tider mellan patienternas besök och gör att det blir svårt med uppföljning, utvärdering, medicinjusteringar och psykologisk behandling. Patienter mår psykiskt mycket illa, skadar sig själva och begår till och med självmord, utan att vi har möjlighet att hjälpa. En verksamhet som tidigare var bristfällig verkar nu vara bortom all räddning.

Att diagnostisera eventuell förekomst av depression och

behandla den effektivt är mycket viktigt. Eftersom flertalet deprimerade faktiskt inte behandlas inom psykiatrin utan på våra vårdcentraler, är det viktigt att vi från psykiatrins sida utbildar, handleder och stöttar allmänläkarna i depressionsdiagnostik och depressionsbehandling. Studier visar att trots vår vetskap om depressionssjukdomens betydelse för självmord får ett alltför stort antal deprimerade helt otillräcklig behandling.

Det vi i normala fall har att erbjuda är antidepressiva läkemedel i kombination med olika former av psykologiskt stöd som stödsamtal, krisbearbetning, familjeterapi, kognitiv psykoterapi och interpersonell terapi.

Den typ av antidepressiva medel som har blivit vanligast är SSRI-preparaten, Selective Serotonin Reuptake Inhibitors. Dels genom att de är oerhört mycket mindre riskabla ur förgiftningssynpunkt om patienten skulle ta en överdos, dels för att de oftast ger klart mildare biverkningar än de äldre "tricykliska" preparaten.

Det är viktigt att biverkningarna inte är för svåra för att patienten ska klara av att ta läkemedlet i tillräckligt hög dos under tillräcklig lång tid, oftast under något halvår och ibland betydligt längre. För patienter med återkommande depressionsperioder förenade med självmordsrisk kan mångårig, kanske livslång, förebyggande behandling bli aktuell. Att patienten själv ställer sig positiv till denna typ av behandling är förstås en förutsättning för att nå ett gott resultat.

Vi erbjuder också psykologisk hjälp att hantera livskriser som kanske utlöser självmordsförsök eller väcker självmordstankar. Ofta handlar det om problem i relationer, förlust av ett arbete, en partner eller andra närstående. Upplevelser av hopplöshet är ett vanligt fenomen. Därför är det viktigt att

kunna förmedla hopp, utan all form av "käck hurtighet", vil-
ket är antiterapeutiskt och kränkande för patienten. En psy-
koterapiform som under senare år har fått ökad användning
och har visat goda resultat är kognitiv terapi. Metoden går i
stort sett ut på att man hjälper patienten att upptäcka olika
negativa tankemönster som har blivit automatiska och att
ifrågasätta och förändra dem.

FRIDA

Vi har hela tiden arbetat efter fyra möjliga hypoteser: att Linnea har begått självmord, att hon har rest bort av egen fri vilja, att hon har blivit sjuk eller råkat ut för en olycka eller att hon har utsatts för brott. Som fallet står just nu är det brottsmisstanken vi i första hand koncentrerar oss på.

Oavsett vilken hypotes man arbetar efter är det viktigt att utreda offrets närstående, och därför är Anton och Tobias, och i viss mån Petra, fortfarande intressanta för oss. Det finns i nuläget ingenting som talar för att Petra skulle ligga bakom Linneas försvinnande, och misstankarna mot Anton är inte särskilt starka. Johanna kan ju ha misstagit sig beträffande armbandet. Men hur är det med Tobias? Borde vi inte ha lagt lite mer krut på honom? Han som är dokumenterat våldsam och som fortsatte att trakassera Linnea trots att deras förhållande var slut. Han som har en likadan bil som den vittnet Hamrin såg åka förbi på vägen vid stugan, vända och komma tillbaka vid tolvtiden den aktuella natten, och han som ljuger om att han var hemma hela kvällen och natten när Linnea försvann. Han är inte avförd, men det är som om ingen i gruppen riktigt tror att han fortfarande hade så starka känslor för Linnea att han helt omotiverat skulle ha åkt efter henne ut till stugan och ställt till med bråk. Vid den tidpunkten hade han i alla fall inte försökt komma i kontakt med henne på länge. Själv har jag också svårt att tro att det är han. Och i det läget återstår bara alternativet att det är en helt okänd gärningsman vi har att göra med.

FRIDA

Linneas telefon är påträffad. Hon hade gömt den på dasset utanför stugan. Det var Johanna som hittade den i tunnan med strö när hon åkte ut till stugan för att städa inför vintern. Linnea måste ha stoppat ner den i tunnan samma kväll som hon försvann. Där har den legat hela tiden utan att vi har vetat om det. Hur kunde vi missa den?

Linneas syster hade tillgång till lösenordet och har gett oss det. När vi undersökte telefonen hittade vi en ljudinspelning som Linnea gjorde samma natt som hon försvann. Det var sista gången hon använde mobilen. Tiden innan finns det ingenting i den som sticker ut. Sista samtalet var registrerat strax efter klockan tre samma eftermiddag när hon befann sig på jobbet. Telefonen var ganska tom, som om hon inte använde den så mycket eller hade för vana att ofta radera sms och annat.

Av allt att döma befinner hon sig inne på dasset när inspelningen görs. Hon pratar med låg och lite sluddrig röst, och man hör att hon är berusad. Dasset har ett litet fönster ut mot vägen, och genom det ser hon ljuset från en bil som närmar sig och svänger in på parkeringen nedanför slänten.

LJUDINSPELNING

Nu sover dom, nu ligger dom där inne och sover, men jag kan inte sova, jag mår inte bra, varför drack jag det där sista, jag mår illa, känner mig yr, det bara snurrar, är så arg på Petra, hon fattar ingenting, hur kan hon vara så jävla dum, är så trött på att vi alltid måste bråka. Och Anton, vi bråkade också innan jag åkte, han ville inte att jag skulle åka, han är så misstänksam och svartsjuk jämt, tror att jag ska vara otrogen, han är egentligen inte bättre än Tobias, utom att han inte slåss, men ingen vet hur han är, jag skäms att jag är ihop med en till som behandlar mig illa, jag hade ju bestämt att jag inte skulle vara så jävla dum en gång till, jag måste göra slut med honom innan han lyckas knäcka mig, alla tror att vi har det så bra, men det har vi inte. Och Tobias som aldrig låter mig vara ifred, jag är så trött på att känna mig jagad och kontrollerad, jag vill vara fri, jag är inte bra på kärleksrelationer, jag vet aldrig om jag är riktigt kär, jag kan kanske inte bli riktigt kär, jag har kanske inte den förmågan. Nu kommer det en bil därnere, den saktar in, om det är Anton som kommer ska jag säga att det är slut, han ska inte komma här och kontrollera mig, ja, nu svänger den in bredvid Petras bil, det måste vara Anton, jag tänker fan inte följa med honom hem om det är det han vill, nu går jag ner och säger det, säger att det är slut, nu vill jag inte mer, nu får det vara nog, jag stänger av och lämnar telefonen här, annars ska han bara hålla på och tjafsa om den också och kolla vilka samtal jag har haft, nu stänger jag av och gömmer mobilen här, hej då, nu går jag.

FRIDA

Linneas inspelning stärker definitivt misstankarna mot Anton. Om det var han som kom, och hon gick ut till honom och talade om för honom att hon ville lämna honom, kan han ha tappat besinningen och gett sig på henne. Men det finns ingenting som bevisar att det var hans bil hon såg.

Jag har träffat några av Antons arbetskamrater. Alla jag pratade med beskrev honom i mycket positiva ordalag, och ingen verkade hysa några misstankar om att han var inblandad i Linneas försvinnande. När jag frågade hur han är som person möttes jag av idel lovord.

Jag har alltid gillat Anton. Han är lugn, pålitlig, hjälpsam och snäll.

Han är vänlig och tillmötesgående mot alla och väldigt lätt att ha att göra med.

Ambitiös, intelligent, social. En mycket duktig organisatör, diplomat och förhandlare i gruppen.

Han är smart och försöker alltid göra sitt yttersta på jobbet.

En synnerligen kompetent och ambitiös kollega. Allt han gör sköter han klanderfritt.

Han vill att alla ska trivas och må bra.

Han är positiv och drivande. Hetsar aldrig upp sig, tappar aldrig fattningen. Är mycket kompetent i sin yrkesroll.

Jag känner förtroende för honom och skulle utan tvekan be honom om hjälp i en nödsituation.

Och när jag frågade hur han reagerade direkt efter Linneas försvinnande fick jag också samstämmiga svar.

I början var han helt förkrossad, men nu är han i stort sett som vanligt igen.

Jag tyckte så synd om honom, för jag märkte ju hur hårt han tog det.

Jag tror att deras förhållande var väldigt kärleksfullt, för det syntes hur mycket han saknade henne.

Ärligt talat märktes det inte så mycket på honom. Jag tror att han flydde in i jobbet för att slippa oroa sig.

Han jobbar på som vanligt, men ibland verkar han lite sorgsen.

Egentligen kan vad som helst dölja sig under en sympatisk yta. Genom att observera en man på arbetet eller i det sociala livet går det inte att avgöra om han till exempel misshandlar sin partner. Han kan vara framgångsrik och ha en hög position i samhället. Han kan ha vilken typ av yrke som helst, se ut hur som helst och tillhöra vilken samhällsklass som helst. Han kan vara intelligent, snäll och trevlig. Han kan visa omtanke och förståelse och vara tillmötesgående och hjälpsam mot sin omgivning. Han kan till och med kalla sig feminist.

Det finns ingenting som tyder på att Anton misshandlade

Linnea. I inspelningen säger hon tvärtom att han "inte slåss". Men för övrigt var deras förhållande inte alls så bra som det verkade utåt. Han var misstänksam, kontrollerande och svartsjuk och på väg att "knäcka" henne. Hon kände sig inte fri. Men hon uttryckte ingen rädsla för honom.

– *Vad är du rädd för, Frida? Säg både stora och små saker.*

– *Ja, om jag börjar med dom stora så är det krig, klimatförändringar, katastrofer och sjukdomar.*

– *Det är jag också.*

– *Och att du eller Mats ska råka illa ut.*

– *Mm.*

– *Mindre allvarliga saker som jag kan oroa mig för är att jag inte ska klara av jobbet så bra eller att jag ska trassla till det för mig själv för att jag är så egensinnig.*

– *Vad är egensinnig?*

– *När man alltid gör det man själv tycker är bäst och inte lyssnar så mycket på vad andra tycker.*

– *Då är jag också egensinnig.*

– *Ja, det är du, Maja. Och jag tycker att det är bra att vara det.*

– *Ja, så man inte blir lurad.*

– *Precis. Men nu får du berätta vad du är rädd för.*

– *Ja, när jag var liten var jag rädd för mörker och spöken och monster och sånt, men nu är det mer att andra ska tycka att jag är dum för att jag inte fattar eller inte kan en sak eller har gjort fel. Då får man kanske skämmas, och det är så pinsamt.*

– *Mm.*

– *En del i min klass blir rädda och nervösa när vi ska ha prov, men det blir inte jag. Och en del är rädda för att deras föräldrar ska dö.*

– *Är du det också?*

169

– Nej, inte speciellt. Jag är mer rädd för att jag ska dö själv. Det skulle vara så läskigt att bara försvinna och aldrig finnas mer.

– Mm.

– Och jag har ju redan haft en förälder som dog. Och mormor.

– Ja, det har du. Och det klarade du.

– Precis. Är du rädd för att dö?

– Nej, det är jag inte. Men jag hoppas att det inte ska hända på länge än.

FRIDAS FRISTAD

Kvinna

Ibland, när jag läst eller lyssnat på nyheterna, känner jag sådan vanmakt och frustration över utvecklingen i vårt samhälle och världen att jag helt tappar orken. Bedrövelse, nästan panik, en näst intill överväldigande känsla av hopplöshet ifråga om människosläktet. Det är så mycket, så stort, så allomfattande. Jag tror att vi befinner oss på ett sjunkande skepp. Det gör mig så ont om mina (och andras) barnbarn. De måste kanske leva sina vuxna liv med vetskapen om att hoppet är ute. Att mänskligheten går mot sin undergång. Hur ska de finna mening och glädje i livet då? De måste reda ut det här. Eller gå under.

Man

Det har varit många larm om jordens undergång genom åren, men ännu har den ju inte inträffat. Kärnkraften, härdsmältor, avfall som kommer att vara livsfarligt i tusentals generationer, Harrisburg, Tjernobyl, Fukushima. Och kärnvapen, svavel, försurning, ozonhål och pandemier som skulle ta kål på hela mänskligheten. Terrorister, oljekriser, övergödning... Det är väl inte så konstigt om somliga tänker att pratet om klimatkatastrofer och den ödelagda biologiska mångfalden bara är ännu en undergångsprofetia, som snart kommer att ersättas av något annat. Jag förstår om många människor väljer att tänka att allt kommer att ordna sig. Det har det ju gjort förut. Men hotet om klimatkatastrofen kanske skiljer sig från hoten som vi har sett tidigare. Den här gången kanske det blir slutet på historien på riktigt.

Man

Ja, det är svårt att tro på vetenskapen när den gång på gång visar fel. Ta bara det senaste, de "vetenskapligt" testade injektionerna som har rullats ut i hela världen. Lögner, myter och förvrängd statistik har spridits i "vetenskapens" namn. Vetenskap har blivit religion, journalistik har blivit desinformation och manipulation. Politiker, EU-kommissionärer, medicinska "experter", organisationer, myndigheter och media har ägnat sig åt propaganda i syfte att öka individers beroende och maktlöshet. En del verkar mer mottagliga än andra men det handlar inte om intelligens eller brist på utbildning. Det tycks till och med vara så att individer med högre utbildning är mer mottagliga för masshysteri.

Man

Propaganda har funnits så länge människan har funnits. Tänk på korstågen, häxjakten, franska revolutionen, nazityskland. Idag översköljs vi av mer propaganda än någonsin. Exempel på narrativ som vi dagligen matas med är klimathotet, hotet om terrorism, hotet om pandemier, hotet om kärnvapenkrig. Makthavarna tror att om medborgarna inte ständigt kontrolleras och manipuleras i rätt riktning så kommer folket att ta över makten. Därför behövs propaganda.

Kvinna

Det går inte en dag utan att jag tänker på vilket elände människor ställer till med på vår jord. Jag märker att folk slår ifrån sig det mesta, men jag klarar inte det, det är för verkligt för att jag ska kunna låtsas att det inte finns. Alla säger att man ska kämpa på, men till vilken nytta? Varför ska jag kämpa när allt ändå kommer att gå åt helvete? Om klimatet går bananas och ingen bryr sig? Den unga generationen bryr sig, men stora delar av folk i medelåldern gör det inte, eftersom de inte har lika lång tid kvar att leva. Kanske är det därför deras ångest inte finns. Men vi då? Vi som är unga nu?

Man

Är landet Sverige bortom räddning? Funderingarna är mer aktuella nu än någonsin med tanke på situationen i Ukraina, vår nya regering och all gängkriminalitet i form av skjutningar och sprängningar som vi sett de senaste åren. Finns det en framtid för Sverige och svenskarna? Moralen är lägre än någonsin. Män och kvinnor står längre ifrån varandra än tidigare, medier, politiker och företag gör allt de kan för att söndra all gemenskap inom familjen, äktenskapet och nationen. Svenskarna har blivit fega och avståndstagande mot varandra, medan andra folkgrupper lever sammansvetsade och tar för sig på nya arenor. Jag är runt 30 och litar till exempel inte på svenska kvinnor. Inte för att jag själv blivit sviken i mina förhållanden, men för att jag ser runt omkring mig hur lätt alla tar på relationer och äktenskap. Vid minsta friktion blir lösningen skilsmässa. Jag är också i den åldern att jämnåriga får barn, men hur gärna vill man sätta barn till världen i det kommande Sverige? Landet som har förändrats så extremt mycket bara under den korta tid jag själv levt i det, så att jag knappt känner igen det? Att skaffa barn och låta dem växa upp i det kommande Sverige, som med all sannolikhet blir ännu våldsammare, farligare och fattigare än Sverige 2022, känns oansvarigt och nästan elakt mot barnen med tanke på vad som komma skall. Får nästan mardrömmar när jag tänker på hur min son blir hotad, rånad och slagen i skolan, där det bara jobbar fega lärare som inte vågar stoppa det, och hur han sen i tonåren transformeras till en narkotikaberoende whigger för att försöka kompensera för förödmjukelserna han fått uppleva. Eller hur jag kommer hem och finner dottern i säng med en ortenbecknare och måste behärska mig för att inte strypa Abdifatah med hans egen Gucciväska. Till råga på allt ska man betala skatt för det, för sin familjs och sitt eget folks undergång, och försörja kommunistakademiker så att de kan fortsätta att indoktrinera oss och alla snyltare som kommer hit från världens alla hörn. Gör man inte bäst i att snarast möjligt flytta och börja om i ett annat land?

Man

Jag vill att alla ska må bra och leva i frihet och känna glädje, men denna värld är inte gjort för empatiska och sympatiska människor som värnar om kärlek. Däremot kan de som är psykopater och riktiga jävlar trivas gott här. Inget är rättvist på denna planet. Miljoner människor är på flykt och det är krig och folk blir sjuka och det sker inhumana saker mot både människor och djur varje sekund. Vantrivs på denna planet. Det är inte så här det ska vara. Något är åt helvete fel.

Kvinna

Det är inte bara tillståndet i världen som kan skapa rädsla. Det kan vara mer personliga saker också. Som det var (och är) för mig. I fredags blev jag överfallen och rånad. Jag och några kompisar var på väg hem från krogen, och precis när vi hade skilts åt och jag gick ensam så hände det. Han anföll mig bakifrån och höll ett så hårt strypgrepp om min hals att jag tappade andan. Sen knuffade han omkull mig. När mitt ansikte slog i gatan trodde jag att jag skulle dö. Han slet av mig min väska och sprang iväg. Jag trodde att jag skrek, men i efterhand har jag funderat på om jag verkligen gjorde det eller om jag kanske inte fick ur mig ett enda ljud. Ingen kom till min hjälp i alla fall. När polisen anlände var rånaren borta för länge sen. Nu vågar jag inte gå ut. Jag har sjukanmält mig och gömmer mig hemma i lägenheten. Jag blir rädd så fort jag hör någon utanför min dörr. Jag skäms för min rädsla och vågar inte prata med mina kompisar om det. Jag vågar inte sova. Finns det någon därute som har varit med om något liknande och gått vidare?

FRIDA

Vi vet inte hur vi ska komma vidare. Vi har ingen kropp, inga tekniska bevis, inget erkännande. Jag trodde att armbandet och Linneas inspelning skulle räcka för att få Anton anhållen och häktad, men så verkar det inte vara. Det är inte jag utan en kollega som har den närmaste kontakten med åklagaren, så jag vet inte riktigt hur resonemanget har gått, men än har i alla fall ingenting hänt.

Graden av hur aktivt en åklagare leder en förundersökning i praktiken varierar. Det kan bero på brottets typ och grovhet, lokal organisation och lokal praxis. Mycket hänger också på åklagarens resurser, tid, intresse och kompetens. I det här fallet går samarbetet med åklagaren bra, även om det inte är så intensivt.

Och det kommer hela tiden in nya fall som måste prioriteras. För närvarande har jag fyra öppna ärenden på mitt bord. Tiden går åt till möten med brottsoffer, vittnen och misstänkta i andra fall, när jag helst bara vill fokusera på Anton och Linneas försvinnande.

Det senaste förhöret med Anton, som vi alltså fortfarande hör bara upplysningsvis, var det inte jag utan Robert Sallén som höll i. Våra misstankar mot honom lyser säkert igenom, men hittills har han inte visat några tecken på att reagera negativt på det. Robban har en ganska timid framtoning som gör det lätt att underskatta honom, och det är det många misstänkta som har gjort, men under den försynta ytan är han skärpt och har en klart målinriktad strategi.

FÖRHÖR

FL: Vi har fått uppgifter om ett armband som vi tror har tillhört Linnea.

AB: Ett armband?

FL: Ja, ett som hon hade på sig på festen i stugan. Du ska få se en bild på det, så kan du kanske säga om du känner igen det. Det här är alltså ett foto från innan hon försvann, och som du ser har hon ett armband på sig här.

AB: Ja?

FL: Känner du igen det?

AB: Inte direkt.

FL: Enligt uppgift hade hon det ofta på sig i festsammanhang.

AB: Jaha. Ja, det är väl möjligt.

FL: Men det är ingenting som du har tänkt på?

AB: Nej, vilka smycken hon använde noterade jag vanligtvis inte.

FL: Nej, okej. Men just det här armbandet, som hon hade på sig på festen, ska i alla fall ha legat i baksätet på din bil den natten.

AB: "Ska ha legat"?

FL: Ja, det blev iakttaget där, men det är inte påträffat.

AB: Nehej?

FL: Har du nån förklaring till hur Linneas armband kan ha hamnat i din bil samma natt som hon försvann?

AB: Nej, det har jag inte.

FL: Enligt Johanna låg det i alla fall i baksätet på din bil när ni åkte runt och letade efter henne senare.

AB: Jaha. Varför tog hon inte hand om det då, om hon trodde att det var Linneas?

FL: Kan det ha tillhört en annan kvinna, menar du?

AB: Ja, jag har ju ofta klienter i bilen, så det är mycket möjligt.

FL: Om det låg ett armband i din bil så borde du i vilket fall som helst ha hittat det förr eller senare.

AB: Ja, man kan ju tycka det. Men det har jag alltså inte gjort.

FL: Nej, okej.

AB: Men jag tycker att det är konstigt att Johanna kunde se

exakt hur det eventuella armbandet såg ut och veta att det var Linneas. Det var ju helmörkt i bilen.

FL: Mm. Och själv vet du inte hur hennes favoritarmband såg ut?

AB: Nej, tyvärr. Jag känner inte ens igen det på ditt foto. Men jag förstår ju att det är hennes eftersom hon har det på sig.

FL: Mm. I ett tidigare förhör har du berättat att du och Linnea var osams innan hon åkte iväg till födelsedagsfesten.

AB: Osams var vi inte, men jag var lite emot att hon skulle åka.

FL: Varför var du emot det?

AB: Jag var orolig för henne och rädd att hon skulle dricka för mycket och kanske tappa omdömet. Det har jag ju redan berättat. Att hon var labil och deprimerad. Hon mådde inte bra på grund av att hon kände sig jagad av sitt ex.

FL: Hur reagerade hon på ditt motstånd?

AB: Hon sa att jag inte behövde oroa mig och att hon kunde ta vara på sig själv.

FL: Hon kände sig inte hindrad och kontrollerad av dig då?

AB: Nej, det hade hon ingen anledning till. Det är inte min stil.

FL: Hon anklagade dig inte för att vara misstänksam och svartsjuk när du ville få henne att stanna hemma?

AB: Nej, absolut inte.

FL: Eller att du missunnade henne att komma ut och roa sig?

AB: Om det var så hon kände, så sa hon det i alla fall inte till mig.

FL: Men du tror att det är möjligt att hon kan ha känt det så?

AB: Ja, ibland överreagerade hon och tolkade min oro och omtänksamhet som att jag försökte kontrollera henne. Det berodde ju på att hon var van att bli behandlad på det sättet av sitt ex.

FL: Av Tobias Sjölund, menar du.

AB: Precis. Hon var helt inprogrammerad på honom.

FL: Det måste ha känts jobbigt för dig att bli misstolkad på det sättet?

AB: Ja, men jag förstod ju att hon behövde tid. Jag rättade henne bara, och påminde henne om hennes benägenhet att reagera utifrån gamla händelser, så det var inget problem.

FL: Hur var ert förhållande i stort?

AB: Det var bra. Jag älskade henne. Och nu vill jag poängtera att om jag pratar om henne i imperfekt så betyder inte det att jag vet att hon är död. Att jag vet det för att jag har dödat henne, alltså, om du nu skulle få för dig att tolka det så. Men jag tror inte längre att hon lever. Jag har gett upp hoppet.

FL: Ja, jag förstår. Du märkte inga tecken på att hon funderade på att lämna dig då?

AB: Lämna mig? Nej, absolut inte.

FL: Vilka gemensamma intressen hade ni?

TS: Böcker, film, musik, matlagning... Diskussioner.

FL: Vad diskuterade ni?

TS: Samhällsproblem och ämnena jag nyss räknade upp.

FL: Relationsproblem?

TS: Ja, om det uppstod missförstånd. Men vi redde alltid ut det.

FL: Vilken sorts missförstånd kunde det vara?

TS: Småsaker bara. Inget speciellt.

FL: Ert förhållande var bra, säger du. Det fanns ingenting som ni var djupt oense om?

AB: Nej, vi var överens om det mesta. Det enda jag kan komma på som vi hade olika uppfattning om är covid-19-vaccinationerna. Men det hade ju ingen betydelse för vårt förhållande.

FL: En var för och en var emot, menar du?

AB: Ja, själv har jag tagit alla rekommenderade sprutor, men Linnea hade fått för sig att vaccinet kunde vara skadligt och valde att avstå.

FL: Och det accepterade du?

AB: Ja, det var ju ett personligt beslut som hon tog på egen risk.

FL: Funderade ni på att skaffa barn?

AB: Nej, Linnea kunde inte få barn. Det berättade hon för mig redan från början. Det var inget problem för mig. Och med tanke på hur världen ser ut idag, och troligtvis kommer att se ut i framtiden, så får man väl säga att det var lika bra.

FACEBOOK

Henning Jernkvist
Från och med den 15 november 2022 beräknas vi vara 8 miljarder människor på jorden och antalet beräknas nå sin topp på 10,4 miljarder 2080. Nu tror jag i och för sig inte att vi kommer att bli så många eftersom svält, torka, pandemier, väderkatastrofer och krig kommer att bli allt vanligare. Men varför inser vi inte att vi är för många och försöker begränsa oss lite? Vi tränger ut och utrotar många andra arter.

Sixten Nyström
I stället för konstruktivt klimatledarskap – det vill säga diskussion om problemet i hela dess omfattning, samt möjliga lösningar – fick vi under valrörelsen se exempel på helt andra förhållningssätt. Framför allt förnekades krisen till stor del. Flera debattörer förundrades över klimatets undanskymda roll. När får vi se verkligt klimatledarskap? Hur länge dröjer det tills frågan får det utrymme den kräver? Och när håller statsministern tal till nationen, även om denna kris?

Folke Hjelm
Med den nya regeringens politik så riskerar Sverige att inte nå klimatmålet till 2030, enligt Elisabeth Svantesson (M). "Gör vi det inte så gör vi det inte", säger hon i sin första stora intervju som finansminister. Det var det här svenska folket röstade fram. Nu har vi fått en regering som tänker öka utsläppen och som drar in alla medel för skogsskydd och naturvård. Samtidigt som FN-chefen varnar för ett "klimathelvete" har regeringen givit upp den svenska klimatpolitiken. Finansministern rycker på

axlarna. Budskapet blir, mellan raderna, att det politiska systemet inte kan, eller vill, befatta sig med frågan. Självklart sätter då folk frågor som brottslighet, integration och sjukvård högst upp på listan.

Tomas Bergman
Det är upprörande och rent av pinsamt att se hur Sveriges nya miljöminister Romina Pourmokhtari står i talarstolen på klimatmötet i Kairo och talar stora ord till världen samtidigt som hon ingår i en regering som gör allt tvärtom på hemmaplan. En regering som kraftigt minskar miljö-och klimatbudgeten de närmaste åren och som vidtar konkreta åtgärder för att subventionera fossila bränslen. Det första de gjorde i regeringsställning var att skrota miljödepartementet. Ärligt talat, vad håller de på med?

Henning Jernkvist
Med tanke på att civil olydnad inte verkar hjälpa så krävs nog betydligt kraftfullare åtgärder. Det behövs nog snart militära insatser för att störta alla miljöförstörande regeringar och införa grön diktatur.

Anna Rydberg
Och det är så otroligt bråttom. Det här är något vi hade kunnat börja med för 30 år sedan, det finns inget vetenskapligt som har omkullkastat teorierna kring klimatförändringarna. Att förstå vad de innebär är en väldigt jobbig insikt. Den leder till att man behöver göra stora förändringar av sin livsstil, och för vissa är det så mycket bekvämare att bara fortsätta att blunda.

Sten Johansson
Det heter global uppvärmning eftersom det handlar om

medelvärdet av uppvärmningen av hela jorden. Väder är det som händer just nu, om det regnar eller solen skiner just nu, på en speciell plats på jorden. Klimat är statistik på vädret, till exempel medeltemperaturen över tid på hela planeten.

Anna Rydberg

"Men det är så härligt när det är varmt!" säger de flesta runt omkring mig, och jag tänker att många människor har banne mig gjort sig förtjänta av det som komma skall. Men jag sörjer alla andra arter som blir lidande.

Martin Lundberg

Att extrem värme ökar dödligheten är väl känt. Men människor i olika delar av världen är olika känsliga. Greker verkar må bäst i 25 graders värme och fransmän och britter vid 20. Men svenskar och andra nordbor är inte skapta för så höga temperaturer. Även om vi kanske inte vill tro det så är 12 grader den optimala temperaturen för oss. Under dygn med den medeltemperaturen är dödligheten som lägst, visar en studie som har gjorts på 1,1 miljon svenskar.

Folke Hjelm

Klimatfrågan är genuint svår: vag, abstrakt, global, extremt långsiktig och ytterst komplicerad. Snabb och drastisk omställning krävs, av livsstilar såväl som av hela samhällen. Det handlar om vår överlevnad som individer och art. Vi delar en värld och måste förhålla oss till att resurserna är begränsade. Begränsade resurser innebär två möjliga val. Vi kan roffa åt oss så mycket som möjligt själva i kamp mot alla andra som slåss om samma resurser, eller vi kan fördela resurserna rättvist så att det gynnar alla. Samtidigt vet vi att alla inte kan leva som vi i västvärlden gör idag. Vi behöver börja prioritera samhällsviktiga funktioner som matproduktion och sjukvård framför individens bekvämlighet och nöjen.

– *Frida?*

   – *Mm?*

   – *Hur tror du det kommer vara i Sverige när jag blir stor? Kommer det inte gå att bo här då?*

   – *Jo, det tror jag säkert. Det blir nog ungefär som vanligt, utom att vädret är annorlunda.*

   – *Hur då annorlunda?*

   – *Att det är för varmt och torrt, eller att det regnar för mycket så att det antingen blir skogsbränder eller översvämningar. Är du orolig för hur det ska bli?*

   – *Nej, inte speciellt.*

FRIDA

Det har funnits en övervakningsfilm. Varför har ingen berättat det för mig tidigare? Själva filmen går inte att hitta, men det finns en tjänsteanteckning och stillbilder med tidsangivelser. Jag läser:

"Det finns ett företag som ligger längs samma väg som den aktuella sommarstugan, och där hämtade vi in en övervakningsfilm. Syftet var att kunna se hur trafiken hade rört sig den aktuella kvällen och natten.

Filmen kommer från ett åkeri som har en övervakningskamera riktad ut mot en grusplan framför byggnaderna. Jag tog kontakt och åkte ut med en it-tekniker som säkrade utrustningen. Kameran satt på husfasaden riktad mot vägen. It-teknikern kollade tidstämpeln på plats. Vi tog ut aktuell tid som vi fokuserade på och sen började jag granska filmen.

Det var inte mycket trafik på inspelningen. Jag koncentrerade mig på att kolla film från kvällen och natten. Jag snabbspolade när det inte var trafik men jag såg det mesta av den trafik som var. Upplösningen på filmen var inte i HD-kvalitet men tillräckligt bra för att kunna urskilja bilarna. Jag tog ut en del stillbilder. På filmen är det lättare att se än på en bild, för en rullande film är tydligare.

Åkeriets kamera täckte företagets tomt och en del av bilvägen. I en sekvens klockan 00.17 såg jag en ljus bil svänga runt på företagets körgård. Gården var inte inhägnad utan det var en vändplan, som en grusplan. Det var ingen annan bil där vid den tiden inne på gården. Bilen jag såg kom från söder, vände och körde tillbaka i samma riktning. Jag kunde inte se vem som satt i bilen. Jag kunde inte heller se registreringsskylten. Jag tog ut en stillbild på bilen och den föreställer en ljus Audi. Det var enda gången jag såg den bilen på filmen.

Klockan 23.48 passerar en mörk personbil på väg söderut. Det finns uppgifter om att en man i utredningen har använt en sådan bil av visst märke och färg. En Toyota av något slag. När jag såg den typen av bil i området tyckte jag att det var värt att ta ut stillbilder.

Klockan 00.12 kommer samma bil tillbaka söderifrån och kör mot norr. Klockan 00.56 är den tillbaka, på väg söderut igen. Klockan 02.15 dyker den upp på nytt, på väg norrut. Den framförs då i väldigt låg hastighet. Klockan 02.35 är den tillbaka, i samma låga hastighet, och kör i sydlig riktning. Sista gången bilen syns på filmen är klockan 03.08 då den återigen kör mot norr.

På filmen syns det inte vem som sitter i bilen. Det är för låg upplösning. Jag kunde inte se om det var en man eller en kvinna som körde. Jag kunde inte avgöra om det var en, två eller flera personer i bilen.

Bilens registreringsnummer går inte att urskilja på filmen. Det går därför inte att med hundraprocentig säkerhet fastslå att det rör sig om samma bil vid de olika tidpunkterna när det gäller Toyotan, men enligt min bedömning är detta ändå det mest troliga."

Så långt kollegans noteringar. Åkeriet han nämner är beläget cirka åttahundra meter norr om Johannas stuga. Kommer man åkande från stan, som Anton alltså gjorde, passerar man företaget på vägen till stugan. Från åkeriet till stugan tar det bara ett par minuter att köra. Det finns bilder från filmen vid varje tidsangivelse, vilket visar, om det nu är Antons bil man ser på filmen, att han kom till stugan redan strax efter 23.48

och inte vid ettiden, som han själv har sagt. När han kommer dit andra gången, strax efter 00.56 som fotot visar, har han alltså varit där tidigare i cirka tjugo minuter, mellan klockan 23.50 och 00.10. Vad var det som hände under den tiden? Var det då ha träffade Linnea och dödade henne? Och vad hände mellan 00.12 och 00.56 då han var ute och körde med bilen? Var det då han transporterade bort hennes kropp och gömde den? Det tog ungefär fyrtiofem minuter, så han kan inte ha åkt särskilt långt för att hinna göra det och sen köra tillbaka igen.

Mellan klockan 02.15 och 02.35 visar bilderna Antons bil i början och slutet av sökandet efter Linnea längs vägen norrut och tillbaka. Enligt Petra letade man åt båda hållen, det vill säga söderut också, men det kan kameran inte ha fångat. Slutligen, klockan 03.08, ser man när Anton har lämnat stugan och kör norrut, hem mot stan.

Det mest troliga är naturligtvis att det rör sig om samma bil vid varje noterad tidpunkt, men det finns inget som bevisar det. Bildkvalitén är alldeles för dålig. Det enda man med säkerhet kan säga, är att det var Antons bil som syntes på övervakningsfilmen klockan 02.15 och 02.35, eftersom den framfördes så sakta. Men att det var samma bil redan 23.48, 00.12, 00.56 och 03.08 går inte att bevisa. Den ljusa bilen som svängde runt på åkeriets gård 00.17 går inte heller att säkert identifiera. Dessutom kan vilken bil som helst ha kommit söderifrån, stannat vid stugan och kört samma väg tillbaka utan att ha blivit fångad på film.

Men åklagaren anser att det räcker. I måndags blev Anton Brink anhållen, skäligen misstänkt för människorov, och idag begärs han häktad, på sannolika skäl misstänkt för människorov och mord. På SVT Nyheter läser jag:

"Efter tidigare förhör med den misstänkte, samt utifrån omständigheter som framkommit under utredningens gång, har man beslutat att begära mannen häktad på sannolika skäl misstänkt för mord. I ett pressmeddelande skriver åklagarmyndigheten att mannen och kvinnan inte var okända för varandra och att det pågår ett intensivt utredningsarbete.

En samlad bedömning utifrån bland annat resultat av tekniska undersökningar och av sådant som framkommit i förhör har gjort att misstankarna mot mannen har stärkts. Han är sedan tidigare ostraffad och förekommer inte i belastningsregistret. Hans inställning är att han nekar till brott.

Brottsutredningen fortsätter nu med oförminskad styrka, det vill säga att polisen riktar sökarbetet mot sådant som ytterligare kan framkomma i utredningen."

Vi har sökt igenom området runt sommarstugan ännu en gång. Vi letade efter blod och andra spår som skulle kunna visa var Linnea attackerades och var hennes kropp eventuellt kan vara gömd.

JERRY STENBERG

Jag har under åtta års tid arbetat som kriminalhundförare med renodlad likhund. I normalfallet söker en kriminalsökhund efter sädesvätska, blod och lukt av människa, men min hund har utbildats och kvalitetssäkrats för att bara hantera doft från avliden människa. Han har tränats i en certifierad träningsanläggning där speciella kemikalier används för att efterlikna doften av sönderfallande mänskligt kött innan hundarna går vidare till träning på riktiga kroppsdelar. Varje hund får cirka tusen timmars träning. Att hunden är kvalitetssäkrad innebär att den genomgår dressyrkontroller. För specialsökhundarna sker en årlig nationell dressyrkontroll samt ett antal regionala kontroller.

Jag har jobbat med min nuvarande hund i fyra år. Vi har sökt efter försvunna personer som har befarats vara döda och tillsammans hittat ett antal avlidna. Min hund är erfaren och har aldrig felmarkerat. Jag har haft många ärenden där utredningen har visat att han har agerat på rätt sätt. Får en hund felbeteende måste det kontrolleras, och upprepas felbeteendet får inte hunden jobba. En tränad kadaverhund är nittiofemprocentigt effektiv på att fånga upp dofter av mänsklig nedbrytning, inklusive kroppar som är begravda på upp till fyra och en halv meters djup. Risken att det ska gå fel är näst intill obefintlig.

En död kropp avsätter likdoft. Förruttnelseprocessen börjar ungefär tjugo minuter efter att döden inträffat. Det är i mag- och tarmtrakten som förruttnelsen börjar, av bakterierna som finns där. Sen hänger det på olika omständigheter hur fort doften tar sig från kroppen och avsätts på klädesplagg eller på en yta som kroppen ligger på eller har kontakt

191

med på annat sätt.

Min hund har använts till att söka efter avlidna människor i både vatten och terräng. När vi söker efter kropp i terräng visar han på doften genom att ge ljud ifrån sig. Han har tränats för att skälla på likdoft i skogen. När han söker i lokal eller fordon markerar han utan skall. Jag kan visa honom var han ska söka, men det ska inte vara jag som indikerar att det finns ett spår utan mitt eget agerande ska vara så minimerat som möjligt när vi arbetar i verkligheten.

FRIDA

Undersökningen runt stugan gav ingenting av värde. Inga fysiska spår, inga tekniska bevis, ingen död kropp. Åklagaren kommer att få svårt att bevisa att det verkligen har begåtts ett mord om vi inte hittar Linneas kropp.

Det är alltid en prioriterad uppgift för oss att hitta döda människor, i synnerhet av hänsyn till anhöriga som behöver en grav att gå till. Och för utredningen handlar det om att mycket få mordfall kan klaras upp utan ett lik.

Anton har ingen känd koppling till området runt stugan. Inte längre bort heller, dit han skulle ha hunnit åka för att gömma kroppen. Han känner till var Johannas stuga ligger, men det är allt, enligt honom själv. Han kan naturligtvis ha haft tur och snabbt ha hittat ett bra gömställe som han inte kände till innan, men det är inte så det brukar gå till. Gärningsmannen brukar oftast vara bekant med området där han gömmer kroppen.

En finsk studie som behandlar mordfall där liket har transporterats bort från brottsplatsen visar att gärningspersonen i mer än hälften av fallen kände till området där liket dumpades. Ungefär tre av fyra lik har dumpats i skogsområden, medan vart fjärde lik har kastats i en sjö eller i havet.

Jag har räknat ut ungefär hur långt han kan ha hunnit köra från stugan och tillbaka under den aktuella tiden och ringat in det tänkbara området på en karta. Nästa steg är att gå igenom alla tips för att hitta eventuella iakttagelser som har gjorts inom det området. Som det ser ut på kartan är det glest bebyggt och består till största delen av skog, åkrar och ängar. Det tycks inte finnas några sjöar eller andra vattendrag och inga stora nivåskillnader.

Det jag hoppas på är att hitta inrapporterade iakttagelser av Antons bil natten då Linnea försvann, men jag förstår att chansen är minimal med tanke på att det var mitt i natten och nästan ingen trafik. Enda möjligheten skulle vara att hans bil blev sedd precis när den svängde av från stora vägen och in på en mindre väg, men vem skulle reagera på det och rapportera det till polisen? Det beror förstås på vilken sorts väg det var bilen svängde in på eller körde ut ifrån, det vill säga om den ledde till ett bebyggt område eller gick rakt in i skogen. Men skulle han verkligen köra in på, eller ut ifrån, en skogsväg om han såg andra bilar i närheten och riskerade att bli iakttagen? Nej, det tror jag inte.

Ingen såg honom, så var ska vi leta? Hur många avtagsvägar finns det inom det inringade området? Körde han iväg långt bort från stugan eller stannade han ganska nära? Gick största delen av hans tid åt till att leta efter ett lämpligt gömställe eller till att gömma kroppen? Hur ska vi få svar? Förutsättningen är dessutom att det är han som har gjort det, och det vet vi inte än. Det som talar emot honom är att han befann sig vid stugan den natten, att Johanna såg Linneas armband i hans bil, att Linneas ljudinspelning indikerar att han kom till platsen tidigare än han har uppgett och att bilen på övervakningsfilmen skulle kunna vara hans.

Förklaringen skulle kunna vara att det brast för honom när Linnea berättade att hon ville lämna honom. Men det finns ingenting som tyder på att han skulle vara obalanserad eller våldsbenägen.

Ett frihetsberövande är alltid integritetskränkande, och i ett normalt mänskligt samspel är det förknippat med stor skam att förlora sin sociala status och integritet. Anton Brink är högutbildad, framgångsrik och klart beroende av hur omvärlden uppfattar honom. Hans självkänsla bygger på status och framgång. Nu står han plötsligt inför en katastrofal förlust av sin sociala och yrkesmässiga ställning och är på väg att bli offentligt utskämd. Det naturliga är då att reagera med försvar och mottaktiker för att försöka upprätthålla sin positiva självbild.

Jag satt med när Robban förhörde honom efter delgivningen, men jag ställde inga frågor själv.

ROBERT SALLÉN

Det finns olika typer av förhör. Först har vi det delgivande förhöret där du inte har några förväntningar på ett informationsutbyte utan huvudsyftet är att den misstänkte ska delges brottsmisstanke, gärningsbeskrivning och rätten till försvarare. Du delger misstanke, och sen berör du inte brottet över huvud taget, eftersom ingen advokat är på plats. Men kan du få honom att prata redan nu, får du kanske ändå ihop två sidor förhör där han breder ut sig om annat som kan komma till nytta, och utredningen avstannar inte i avvaktan på advokat.

En annan sorts förhör är det orienterande och kontaktskapande. Du minimerar den misstänktes motstånd genom human och empatisk kommunikation. Det förväntade utbytet är att etablera en förtrolig kontakt med den misstänkte och få information om hans intressen, levnadsförhållanden, umgänge med mera.

En tredje sort är av mer allmän karaktär där du med hjälp av öppna frågor ska förmå den misstänkte att berätta fritt om brottet som utreds. Det högsta bevisvärdet i ett förhör är ju när den misstänkte själv berättar spontant om en händelse utan att du kommer in med en massa frågor.

I en fjärde typ av förhör kan det finnas ett särskilt syfte, där du till exempel vill få fram specifik information, eller där den misstänktes inställning till vissa graverande uppgifter ska utredas. Du ställer frågor relaterade till informationen utan att först avslöja vad du har. Sen konfronterar du honom stegvis med uppgifterna, vilket ska ske på ett i förväg noga planerat sätt. Du ställer också frågor som validerar erhållna svar och som utreder alternativa förklaringar till bevisen. Den typen av förhör kan, men behöver inte nödvändigtvis, vara av mer konfrontativ karaktär.

FÖRHÖR

FL: Du har blivit delgiven misstanke om mord, och du har blivit underrättad om din rätt till en offentlig försvarare. Nu kan du antingen begära en försvarsadvokat som du känner till, eller så kan du överlämna det till tingsrätten som sen utser en försvarsadvokat åt dig. Du behöver inte fylla i några papper, utan det räcker med att du gör din begäran muntligt. Om du begär en offentlig försvarare måste vi kontakta domstolen för ett beslut och då får vi vänta med att förhöra dig.

AB: Jag ska tänka på saken. Först vill jag veta på vilka grunder jag sitter här.

FL: Det är som vi redan har sagt, att det finns vissa omständigheter som tyder på att...

AB: Att hon är död har jag trott länge. Annars skulle hon ha hört av sig eller kommit tillbaka. Men det behöver inte betyda att hon har blivit utsatt för ett brott. Jag hade inget motiv att döda henne. Varför skulle jag döda henne? Jag älskade henne och önskar bara att hon ska komma tillbaka. Men det förstår jag nu att hon aldrig kommer att göra.

FL: Vad tror du har hänt då?

AB: Som jag har sagt förut så tror jag att hon har begått självmord.

FL: Hur tror du att hon skulle ha gått tillväga i så fall?

AB: Vilken metod hon skulle ha använt sig av, menar du?

FL: Ja, just det.

AB: Jag vet inte. Jag kan möjligen säga vilken metod hon *inte* skulle ha använt.

FL: Ja, låt höra.

AB: Inget våldsamt och blodigt i alla fall.

FL: Utan?

AB: Med tanke på var hon befann sig så tror jag att hon dog i skogen. Av kyla kanske, efter att ha druckit sprit och tagit tabletter.

FL: Hade hon tillgång till tabletter?

AB: Det vet jag inte. Men druckit hade hon ju gjort.

FL: Hur vet du det?

AB: Hon var ju på fest.

FL: Och då brukade hon alltid dricka?

AB: Ja, om det bjöds så drack hon alltid. Och den kvällen hade hon ju själv sprit med sig till festen. Men hur kan ni veta säkert att hon är död? Ingen kropp har ju hittats?

FL: Nej, inte än så länge.

AB: Så därför förstår jag inte varför jag sitter här.

FL: Det finns som sagt omständigheter som tyder på...

AB: Hört talas om Corpus delicti? I västerländsk rätt är principen att ett brott måste bevisas ha inträffat innan en person kan dömas för att ha begått det brottet.

FL: Ja?

AB: Och det har ni ju inte kunnat bevisa. Sen har vi det som kallas guilt by association, vilket ni tydligen sysslar med här.

FL: Kan du utveckla?

AB: Ja, om en kvinna hittas mördad, visar statistiken att den mest troliga gärningsmannen är hennes make eller pojkvän. Även om ingen kropp har hittats kan hennes partner bedömas som skyldig, men inte utifrån vad han gjort utan utifrån vad andra i liknande situationer har gjort, och det är det jag tycker att ni sysslar med här.

FL: Vi misstänker ingen utan orsak och dömer ingen utan bevis.

AB: Nehej. Vilken orsak och vilka bevis har ni i mitt fall då?

FL: Förra gången pratade vi om hur det var innan Linnea åkte iväg till festen.

AB: Ja?

FL: När åkte hon? Hur mycket var klockan när hon åkte?

AB: Det var vid halv sju-tiden. Petra kom och hämtade henne med bilen.

FL: Vad gjorde du när hon hade åkt?

AB: Jag stannade hemma, men jag minns inte vad jag gjorde. Det vanliga, antar jag, som att ta en dusch och käka lite och jobba vid datorn och tittat på teve.

FL: Mm. När bestämde du dig för att åka till stugan då?

AB: Tanken och behovet dök upp flera gånger under kvällen men jag sköt undan det och hoppades hela tiden att det skulle gå över.

FL: Men det gjorde det inte?

AB: Nej.

FL: Så vid vilken tid gav du dig iväg?

AB: Efter halv ett nån gång.

FL: Hur lång tid tog det för dig att köra till stugan?

AB: Tjugo minuter kanske.

FL: Ja, du har ju beskrivit vilken väg du tog, men tyvärr har vi ingenting som verifierar det. Det enda vi har är bilder från en övervakningskamera vid ett åkeri i närheten av stugan. Jag visar dig ett foto. Här ser man tydligt en mörk Toyota passera åkeriet i riktning mot stugan klockan 00.56.

AB: Mm.

FL: Bildkvalitén är som du ser inte den bästa, men bedömer du att det här skulle kunna vara din bil?

AB: Ja, absolut.

FL: Du känner igen den?

AB: Ja, det måste vara min. Tiden stämmer ju också.

FL: Mm. Och här ser man din bil när ni åker norrut från stugan klockan 02.15 för att leta efter Linnea. Och här när ni kommer tillbaka 02.35. Det stämmer också?

AB: Ja.

FL: Och här passerar din bil åkeriet en sista gång när du är på väg hem klockan 03.08.

AB: Okej.

FL: Vi är överens om att det är din bil vi ser på alla bilderna?

AB: Ja, absolut.

FL: Nu är det så att vi har ytterligare två bilder på samma bil när den passerar åkeriet den här natten. Den första här visar bilen när den är på väg söderut mot stugan klockan 23.48 och den andra när den är på väg åt motsatt håll bort från stugan klockan 00.12. Vad kan du säga om det?

AB: Att det måste vara en annan bil.

FL: En annan mörk Toyota som kör omkring i samma område samma natt?

AB: Ja, jag kom ju inte dit förrän strax före ett som den första bilden visar. Det där kan alltså inte vara min bil.

FL: I mina ögon ser det ut att vara samma bil på alla sex bilderna.

AB: Nej, det måste alltså röra sig om två olika bilar. Eller till och med tre.

FL: Tre mörka Toyota-bilar i samma område samma natt?

AB: Ja, det är väl inte så omöjligt? Men okej då, två i alla fall. Min och en till.

FL: Och cirka tio minuter i tolv svängde en bil in på parkeringen nedanför sommarstugan och iakttogs av Linnea som just då befann sig inne på dasset.

AB: Vad säger du? Det kan ni ju inte veta?

FL: Och när hon såg bilen närma sig trodde hon att det var du som kom och gick ut för att prata med dig.

AB: Nu får du väl ge dig. Du kan väl inte sitta här och bara hitta på vad som hände!

FL: Vad var det som hände då, Anton?

AB: Det vet jag inte.

FL: I tidigare förhör har du sagt att du var orolig för Linnea när hon var på festen i stugan.

AB: Ja?

FL: Du har också sagt att du från början avrådde henne från att åka dit.

AB: Ja.

FL: Varför gjorde du det?

AB: Jag ville skydda henne både mot sig själv och andra. Det har jag ju redan förklarat.

FL: Det var inte så att du ville ha koll på vad hon hade för sig då, för att du hade en känsla av att hon var på väg att dra sig ur er relation? Att du kanske misstänkte henne för att vara otrogen?

AB: Nej, så var det inte. Vi hade det bra.

FL: Varför var du orolig för henne då?

AB: För att jag märkte att hon var bekymrad och nedstämd och inte riktigt sig själv. Hur många gånger måste jag säga det?

FL: På vilket sätt var hon inte riktigt sig själv?

AB: Hon var lättsårad och uppförde sig irrationellt. Hängde upp sig på småsaker och förstorade upp bagateller. Kom med ogrundade anklagelser och påstod att jag hade sagt saker som jag inte hade sagt. Misstolkade och förvrängde mina ord. Överreagerade, fantiserade och ljög.

FL: Vad ljög hon om?

AB: Hur hon mådde, vad hon tänkte och kände, vad hon ville göra. Hon spelade alltid så stark och oberörd fast hon inte var det. Och hon missunnade mig mina fritidsintressen. Dom få jag har och hinner ägna mig åt. Hon blev till exempel väldigt irriterad när jag tittade på sport. Men nu vet jag inte om jag...

FL: Vilken sorts sport gillar du?

AB: Det är främst ishockey.

FL: Då har du hört om Börje Salmings död?

AB: Ja, det är tragiskt. Han var en av Sveriges största hockeyspelare genom tiderna. Och en av Sveriges första NHL-proffs.

FL: Mm.

AB: Under sin verksamma tid ådrog han sig massor med skador. Jag har hört att han hade sexhundra ärr på kroppen. En gång fick han till exempel sy trehundra stygn i ansiktet.

FL: Det var som fan.

AB: Ja, spelet i NHL på den tiden var jävligt tufft. Spelarna kunde göra i stort sett vad som helst utan att det fick några konsekvenser.

FL: Och vilka konsekvenser fick det att du träffade Linnea på parkeringen utanför stugan då?

AB: Men lägg av! Jag träffade henne inte, har jag ju sagt!

FL: Lugna ner dig nu och lyssna på det hon säger här, så ska du få berätta fortsättningen för oss sen.

FRIDAS FRISTAD

Man

I samband med Börje Salmings död känner jag att jag måste få skriva av mig lite när det gäller honom och alla andra som ställde upp i Kavla-upp-kampanjen.

Börje var en duktig ishockeyspelare, och han har säkert gjort mycket gott för idrotten och var säkert en sympatisk människa som ville alla väl. Media har målat upp honom som en legend och ett helgon, och det kanske han var, men nu kommer vi till vad jag personligen känner för Börje och varför så många tycker att jag är en stor skitstövel som väljer att säga att jag inte känner sympati för honom och hans öde.

Redan från början var jag emot vaccinsprutorna. En anledning var att dom var helt otestade på människor. Dom få dokument som läckte ut om testerna visade att man gjorde kortvariga djurförsök som man var tvungen att avsluta för att i stort sett alla djur dog. Ändå valde man att gå vidare och testa på människor, och man hävdade att vaccinerna var tillräckligt testade för att vara säkra, vilket på intet sätt var sant.

Mitt under mina försök att varna folk för dessa gifter, så kliver människor som Börje fram i media och kavlar upp ärmen på bild. Gör nu som myndigheterna och alla vi kändisar säger och ta denna säkra och effektiva spruta! Om inte för din egen skull, så för att skydda alla äldre och sköra som har sämre immunförsvar!

Här kommer mitt hat mot Börje och alla andra i Kavla upp-kampanjen in i bilden. Hur i HELVETE kan man ställa upp på en sån sak? Även om man blir itutad av myndigheterna att ett vaccin är säkert och effektivt, så tar man väl reda på om det stämmer innan man som en stor legend som Börje, som många ser upp till och litar på, ställer upp på att pusha för ett otestat preparat? Det han gjorde var oförlåtligt!

Miljoner svenskar kommer dom närmaste åren att dö på grund av att dom litade på Börje och hans kavla-upp-vänner. Jag känner ett hat till alla som har pushat, och kanske fortfarande pushar för dessa sprutor. Vad sprutorna gör är att sakta men säkert bryta ner människors immunförsvar. Läkare har kommit fram till att nästa år kommer dom som tog sin första spruta i början av 2021 att vara HELT utan immunförsvar och kan dö av vilken jäkla förkylning som helst. Folk kommer att trilla av pinn på löpande band på grund av Börje och hans gelikar. Nu gick han själv samma öde till mötes, och jag har svårt att inte se den gudomliga rättvisan i det. Ni får tycka att jag är elak och kallsinnig som säger så, men det är min åsikt om vad han gjorde. Han gick ut och propagerade för att vi ska försöka ta livet av oss med en spruta, och det är oförlåtligt. Om han var lurad till att göra det eller inte förändrar ingenting för mig. I mitt sinne kommer han alltid att vara en skitstövel som propagerade för att andra ska vaccinera sig.

Jag tror inte att många människor har insett vilken hemsk situation mänskligheten befinner sig i. Sjukdomar som ALS och cancer tar nu död på folk otroligt mycket fortare än tidigare på grund av att deras immunförsvar har satts ur spel. Det var därför det gick så snabbt för Börje. För ALS är den genomsnittliga överlevnaden tre år efter diagnos, men cirka tio procent lever efter tio år. För Börje tog hela förloppet bara några månader. Vilka slutsatser man vill dra av det är det upp till var och en att bestämma.

Jag förstår alla som tycker att min reaktion är överdriven. I stort sett alla mina gamla vänner och släktingar tycker att jag har blivit knäpp och vill inte ha med mig att göra. Massor har blockat mig på Facebook. Men jag skriver inte på Facebook för att bli populär. Jag skriver det jag känner, och det tycker jag faktiskt att jag har rätt att göra. Jag har fått så otroligt mycket skit för att jag har försökt upplysa folk om hur farliga sprutorna är. Och Börje var en av dom som försökte elda på i motsatt riktning. Jag antar att han menade väl, men hans agerande är i mina ögon oförlåtligt. Väldigt många människor kommer snart att dö på grund av honom och hans vänner som ställde upp på att idiotförklara oss som ville hjälpa folk att inte låta sig förgiftas. Från början var det ingen som visste att vaccinerna var farliga, men alla visste att dom inte var färdigtestade, och därför borde varken myndigheterna eller en skock kändisar ha försökt påverka folk att vaccinera sig.

Man
Visst är det du säger sant, men låt oss ändå hedra legenden och lida med familjen. Det bästa dom kan göra är gå ut med detta öppet, för då kommer saker och ting att ske. Och låt oss inte glömma vad han gjorde för sporten, och låt oss inte glömma att det var de etablerade som med sin hjärntvättning fick han att göra det och inget annat. Han är och förblir en stor legend.

FRIDA

Efter att ha lyssnat på Linneas inspelning vidhåller Anton att han kom till stugan först vid ettiden och att bilen Linnea säger att hon såg komma inte var hans. Han påstår också att det Linnea säger om hans kontrollbehov och svartsjuka berodde på att hon inte var riktigt sig själv och att hon misstolkade hans oro för henne. Men han har skaffat en advokat, så nu börjar han tydligen inse att det är allvar i alla fall.

Jag iakttog honom hela tiden medan han lyssnade på inspelningen, och han rörde inte en min. Borde han inte ha blivit lite upprörd av att höra sin saknade sambos röst? Men han visade inga känslor alls. Och när vi ställde frågor efteråt avslöjade han inte heller vad han kände. Han bara förnekade att det var han som kom i bilen som Linnea såg.

Hur vi uttrycker oss verbalt varierar självklart mellan olika individer. Vi talar olika snabbt, vi gestikulerar olika mycket och vi använder ord och uttryck på olika sätt. Vi har också olika kroppsspråk. Det är därför svårt att dra några säkra slutsatser av det. Om en misstänkts kroppsspråk tyder på att han är nervös, kan det finnas flera orsaker. Han kan vara nervös för att han precis är i färd med att ljuga och är rädd att bli avslöjad, men det kan också handla om att han är oskyldigt misstänkt och rädd för att inte bli trodd och kanske bli oskyldigt dömd.

Men Anton verkade inte nervös, trots att vi konfronterade honom med nya uppgifter och ifrågasatte hans tidigare uttalanden. Han blev bara upprörd och irriterad över att vi inte tycktes tro honom.

Jag har varit i telefonkontakt med hans äldre bror, som verkade förvånansvärt oberörd av sin lillebrors situation. Han kände till mordmisstankarna och att Anton nu sitter häktad, men jag hade svårt att avgöra hur han reagerade på det. Anton har inte haft regelbunden kontakt med vare sig honom eller föräldrarna på många år, berättade han. Vad som var anledningen till det kunde han inte riktigt redogöra för. När vi har frågat Anton själv om hans barndom och uppväxt har vi inte heller fått några klargörande svar. När jag pratade med hans bror framkom det inget nytt på det området. Men han gav mig namnet på en kvinna som Anton hade ett längre förhållande med innan han träffade Linnea, och det hon berättar bekräftar definitivt Linneas bild av honom.

När jag fick veta att Anton hade inlett ett nytt förhållande var min första tanke att jag ville varna hans nya. Men jag visste inte vem hon var, och jag förstod att det antagligen inte skulle hjälpa. Och lite hade jag kvar känslan av att det berodde på mig hur han hade behandlat mig och att det inte behövde bli likadant för henne. Jag förstod att jag tänkte fel, men jag kunde inte veta säkert, så jag tog aldrig kontakt med henne.

I början av vårt förhållande var han kärleksfull och snäll. Men det var bara taktik. Ingen kvinna skulle ju medvetet ge sig in i en relation med en man som behandlade henne illa redan från början. Men med tiden visade sig hans kontrollbehov, och den verbala misshandeln började, smygande och subtil. Hans "harmlösa" små kommentarer, hans mer eller mindre öppna kritik, hans förödmjukelser och ifrågasättanden var som små droppar som hela tiden föll på en sten och urholkade den. Och den stenen var jag. Det han gjorde skulle inte ha orsakat skada om det hade hänt några enstaka gånger, men han höll på med det hela tiden, och det påverkade mig fast jag inte fattade det. Han sa ofta att jag hade missförstått eller överdrivit vissa situationer, antingen medvetet eller omedvetet. Till slut började jag tvivla på om det verkligen hade varit som jag mindes det. Han fick mig att börja tvivla på min bedömningsförmåga och mina minnen av vissa händelser.

Ibland undervisade han mig om saker och ting och ansåg sig alltid ha rätt i alla lägen. Han satte upp ett regelverk för hur vi skulle leva och krävde att jag skulle följa reglerna till punkt och pricka. Fick han inte som han ville kunde han sluta prata med mig och behandla mig som luft tills jag gav efter och rättade mig efter honom. Jag förstod inte varför han behandlade mig så och trodde att det var mitt eget fel.

Han var kontrollerande och väldigt svartsjuk. Ville alltid veta vart jag skulle och vilka jag träffade. Helst skulle jag bara vara tillsammans med honom hela tiden och inte ha några egna vänner och intressen.

Han hade två helt olika sidor – omtänksam och lyhörd ena stunden för att sen bli obehaglig, elak och kontrollerande i nästa. Han var lynnig och kunde ändra sinnesstämning på en sekund. Efteråt förstod jag att han ofta började psyka mig när han behövde adrenalin, extra energi eller extra självförtroende.

All misshandel handlar om makt och kontroll. Men istället för att slå och sparka, använde Anton olika metoder för att förolämpa, kritisera, skrämma, förlöjliga och manipulera mig. Han försökte tvinga mig att göra som han ville genom att spela på min skuld- och medkänsla. Men han slog mig aldrig. Det hade varit bättre om han hade gjort det, för då hade jag kunnat polisanmäla honom. Men han höjde knappt rösten när han var arg och var aldrig våldsam. Det var mer sofistikerat och subtilt på det psykiska planet, så att jag inte fattade vad det var som pågick. Det brukar sägas att när man lägger en groda i hett vatten försöker den snabbt hoppa upp ur kastrullen. Men om man börjar med kallt vatten och successivt höjer temperaturen, vänjer den sig. Den långsamma tillvänjningen gör att den inte medvetet reagerar på värmen och försöker därför inte ta sig därifrån utan stannar i vattnet tills den dör. Det var så det var för mig, utom att jag inte stannade och dog.

Jag hade så svårt att förstå det som hände. Jag började tro

att hans beteende berodde på mig. Han var ju så snäll och pratade så fint om kärlek, så det måste vara jag som gjorde honom ledsen och besviken, tänkte jag. Han hade kanske rätt i att jag inte kunde känna äkta kärlek. För det sa han ofta till mig, att jag inte visste vad kärlek var. Han spelade på mina skuldkänslor och tog på sig en offerroll – anklagade mig för att göra mot honom det han själv gjorde mot mig.

Och han skaffade sig allierade. Han umgicks med andra män som hade samma kvinnosyn som han och som delade hans värderingar om vad en man har rätt att göra mot en kvinna. Han umgicks med män som såg upp till honom, och han hjälpte folk med olika saker så att många hamnade i beroendeställning till honom. För omgivningen verkade han normal, trevlig och hjälpsam, medan jag blev allt tystare och framstod som osocial, nedstämd, obalanserad och konstig. Det var alltid han som framstod som den normala och trevliga av oss två. Om jag skulle ha berättat för mina vänner hur han var hemma skulle ingen ha trott mig, eftersom alla tyckte att han var så fantastisk. Han visade aldrig utåt hur han också kunde vara. Sin fientliga, kritiska, kränkande och nedlåtande sida reserverade han för mig och tog bara fram när vi befann oss i enrum. Det gjorde mig förvirrad och fick mig att börja leta fel hos mig själv. Han är ju så trevlig mot andra, och alla tycker han är så fantastisk, så det måste vara mig det är fel på eftersom han behandlar mig så annorlunda, tänkte jag. Ingen anade vilket helvete jag levde i.

Han bröt ner mig genom gaslighting och crazymaking. Han kontrollerade mig genom att ta sig in i mitt huvud och tala om för mig vad jag tänkte och kände och varför jag gjorde som jag gjorde i olika situationer. Han tvingade mig att ifrågasätta mina tankar och upplevelser. Till slut drevs jag så långt att jag inte längre litade på mitt minne och började ifrågasätta min mentala hälsa.

Trots att jag visste hur illa det var klarade jag inte av att bryta mig loss. Det tog flera år innan jag var redo att ta det avgörande steget. Jag trillade dit flera gånger och gav honom nya chanser. Men till slut berättade jag för några vänner, som inte kunde fatta hur jag som är så tuff hade kunnat falla för en man som behandlade mig så illa. Och alla sa: Lämna honom, han är inte bra för dig! Vid det laget var min självkänsla körd i botten och hans världsbild hade blivit min. Men jag fick stöd och hjälp med att göra mig fri.

Efter ett tag ringde han och ville ha kontakt igen. Han lockade och försökte charma mig med att säga hur vacker och underbar jag var. När han ringde vågade jag inte göra annat än lyssna och försöka hålla mig lugn. Jag sa inte mer än nödvändigt till honom. Jag tordes inte anklaga honom, utan lät honom bara prata. Att ge mig in i en diskussion med honom skulle bara försvaga mig och göra att jag tappade den lilla styrka jag hade lyckats skaffa mig. Jag litade inte på honom och lät mig inte luras, för jag kände att han ljög för att få mig tillbaka för att kunna trycka ner mig igen.

Jag ville anmäla honom för misshandeln, men hur skulle jag kunna bevisa vad han hade gjort? Jag hade inga fysiska skador att visa upp. Jag gick till en läkare och fick lugnande och sömntabletter, och för honom berättade jag, men det var ju inga bevis. Mina skador i själen var osynliga. Jag sov dåligt, hade mardrömmar, kände att jag måste ha ögon i nacken när jag var ute, och helst gick jag inte ens ut för att inte riskera att stöta på honom. Jag var inte rädd för honom rent fysiskt, utan för att bli indragen igen, så att han skulle få makt över mig igen och jag inte skulle klara av stå upp för mig själv.

Så här i efterhand har jag svårt att begripa hur jag, som är en stark och självständig kvinna, kunde falla för honom och varför han valde just mig. Senare har jag förstått att män som han får en kick av att bryta ner starka kvinnor. Deras ego får näring av det, och det behövs eftersom deras inre kärna är så otroligt svag.

Jag antar att Linnea var minst lika stark som jag. Jag borde ha varnat henne. Men skulle hon ha trott på mig eller bara antagit att jag var ett svartsjukt ex som ville förstöra för honom? Så skulle ju han ha förklarat det för henne i alla fall.

FRIDA

Ja, där ser man. Anton är inte så oskyldig och exemplarisk som han försöker ge sken av alltså. Jag har haft rätt i min känsla av att han är oärlig och framställer sig själv på ett sätt som inte stämmer med verkligheten. Behandlade han Linnea på samma sätt som han behandlade Jessica? Ja, det är mer än troligt. Han har sagt att Tobias var på väg att knäcka henne, men i själva verket var det kanske han själv som gjorde det. Jag har fått ett mejl från Linneas syster Mirja som kan tyda på det.

"Hej igen. Det här citatet delade Linnea på min Facebooksida några månader innan hon försvann. När jag fick det tänkte jag att hon syftade på Tobias, men det kan ju lika gärna betyda att hon funderade på att göra slut med Anton. Hon sa det aldrig, men det kan ha varit så, för hon höll alltid sina problem för sig själv.

"When someone isn't treating you right, no matter how much you love them, you've got to love yourself more and walk away."

Jag vet inte vem det var som sa det från början, och det spelar ju ingen roll. Tänkte bara att jag skulle berätta det, om det kan vara av betydelse för utredningen.
Hälsningar, Mirja"

Jessicas berättelse fick mig att tänka på Fabian och på hur han uppträdde mot mig när han bodde hos mig efter mammas död. Jag vet hur det känns att uppfatta en annan persons ändrade känsloläge, att uppfatta signalerna som betyder att det snart kommer att bli bråk och veta att man kommer att tvingas delta i det fast det inte alls har med en själv att göra och man absolut inte vill.

Och svartsjuka. Jag begriper mig inte på svartsjuka. Jag kommer ihåg hur förvånad jag blev, och hur sjukt jag tyckte det var, när Viktor plötsligt reagerade som att han ägde mig. Det gjorde mig illamående. Men det hände bara i slutet av vårt förhållande, när jag var på väg bort.

Annars är det ett vanligt förhållningssätt många omogna män har till kvinnor. Flera kvinnor som jag intervjuade för min bok om kvinnomisshandel beskrev hur det känns att bli behandlad som ett föremål som den misshandlande mannen anser att han äger och har rätt att göra vad han vill med. Det var därför jag gav boken titeln *Ägodel*.

Om Mats blev kär i en annan och ville lämna mig skulle jag respektera och acceptera det. Vad annat skulle jag kunna göra? Jag älskar honom, och det betyder att jag alltid vill hans bästa. Hur mycket vi än är ihop, är han alltid fri att göra det som känns rätt för honom. Detsamma gäller för mig. Annars är det inte kärlek.

Att bo ihop fungerar mycket bättre än jag trodde att det skulle göra. Vi har delat upp göromålen hemma så att var och en får göra det den är bäst på och tycker är roligast. För mig är det till exempel jätteskönt att inte behöva laga mat varje dag, och för Mats är det en lättnad att slippa städa. Tvätta och handla turas vi om med och får bli lite som det faller sig. Och Maja är hjälpsam och tar ansvar för sitt. Vi har det bra, och jag är så tacksam för hur mitt liv har blivit. Efter Sörens död och mammas död och separationen från Viktor och problemen med Fabian och skjutningen som tillfälligt knäckte mig, har allt ordnat sig till det bästa för mig. När jag träffade Mats vände det, och sen dess har det bara blivit bättre och bättre.

Annars är det inte mycket som blir bättre. Inte ute i samhället och omvärlden i alla fall. Vi har klimatförändringarna, naturkatastroferna, kriget i Ukraina, gängkriminaliteten, den svenska regeringen och andra statliga myndigheter där den allmänt rådande inkompetensen, slappheten och dumheten tydligt visar sig. Jag gick in och kollade lite på Facebook, och Folkhälsomyndigheten förnekar sig till exempel inte.

FACEBOOK

Folkhälsomyndigheten
Fortsätt att kunna vara nära. Ta din påfyllnadsdos mot covid-19.

Mattias Lund
Skulle inte tro det, va!

Viktoria Elgh
Jag är nära alla och har inte tagit en endaste dos av ert vaccin. Nöjd, glad och frisk!

Ove Jansson
Är på väg att ta min femte. Varför chansa?
Det tar 20 minuter, inte mer.
Kör ni bil utan att använda bilbälte?
Åker båt utan flytväst?
Går på mörka vägar utan reflex?

Tsega Rash
Covid spruta tar jag följer reglerna har gjort 5 dos klart jag vill ta hand om min hälsan!

Sylvia Brundin
Vecka 47: 405 ovaccinerade och 3852 vaccinerade testade positivt, 2 ovaccinerade och 20 vaccinerade dog. Före vecka 46 var det flest vaccinerade som låg på IVA. Utifrån det får man dra sina egna slutsatser gällande vaccinets skydd.

Folkhälsomyndigheten
Hej Sylvia! Majoriteten av svenska befolkningen är vaccinerad, så att fler vaccinerade blir sjuka i covid-19 är

inte konstigt. Det är också så att äldre, även om de är vaccinerade, har större risk för allvarlig sjukdom än unga personer eftersom ålder är den största riskfaktorn.

Sture Stenberg
Hade covid light i 16 dagar. Snuva, hosta, halsont, huvudvärk, ögonmigrän, värk i leder, värk i ansiktet i flera dagar och till sist inget smak- eller luktsinne kvar. Detta efter att jag var fullvaccinerad med fem sprutor. Vågar inte tänka på hur det kunde ha gått utan. Idag är jag nyvaccinerad mot årets influensa.

Josefin Holm
Jag hade samma symptom fast bara i 5 dagar och med noll sprutor, så vem vet hur det hade blivit om jag gjort tvärtom?

Petra Nygren
Du kunde dött utan vaccinet.

Totte Mård
Bra att Ni påminner. Tack vare vaccinet är covid inte längre en samhällsfarlig sjukdom.

Mattias Lund
Går folk fortfarande på det där, ha ha.

Linn Pedersen
Vaccinet som finns nu biter ju inte på den senaste varianten, så varför då ta den? Eller är det så att lagren måste tömmas?

Folkhälsomyndigheten
Hej Linn! Skyddet mot lindrig sjukdom är begränsad,

men det ger fortsatt bra skydd mot allvarlig sjukdom och död.

Mattias Lund
Inövat mantra!

Johannes Åkerfeldt
Vet folk vad de skjuter in i sina biologiska system när de frivilligt kavlar upp sina ärmar? Har kompisar som tagit femte sprutan. Nu ligger dom på sjukhus med covid och är jättesjuka. Jag skulle aldrig frivilligt ta detta om jag så fick alla pengar i världen.

Malte Larsson
Man undrar bara varför alla bieffekter av vaccinet mörkas.

Folkhälsomyndigheten
Hej Malte! Det gör dem inte. Alla inrapporterade misstänkta biverkningar kan hittas här: https://www.lakemedelsverket.se/.../rapporterande...

Viktoria Elgh
Har varit nära hela tiden utan vare sig vaccin eller att få covid... Läser och hör om många vaccinerade som ändå får covid. Sunt förnuft räcker långt.

Ove Jansson
Du har säkert haft det utan att märka det.

Viktoria Elgh
Ja, så farligt är det!

Ove Jansson

Ja, det är väldigt farligt, och du är oansvarig och respektlös mot dina medmänniskor. Kanske inte så farligt för dig, men det kan vara farligt för andra runt dig.

Viktoria Elgh

Och var finns logiken?

Ove Jansson

Du skrev själv att du varit nära andra hela tiden, alltså har du inte brytt dig om andra.

Viktoria Elgh

Skrev även att sunt förnuft räcker långt... Är jag sjuk är jag hemma, och jag har inte varit sjuk mer än att jag har haft en kortvarig snuva under dessa corona-år.

Ove Jansson

Att du har varit så frisk beror på att andra har vaccinerat sig och hållit avstånd. Egoister är dagens största samhällsproblem.

Mattias Lund

Humor på hög nivå!

Johanna Broman

Till Folkhälsomyndigheten: Nu måste ni verkligen sluta rekommendera detta dödande vaccin!!! Skäms på er och läs på!!!

Camilla Ståhlberg

12 043 allvarliga biverkningar. 415 dödsfall. Men max 10 % som anmäls.
Fundera lite över det.

Sylvia Brundin

Att covid-19-vaccinerna inte skyddar mot smitta och smittspridning är redan konstaterat, och statistiken visar att de inte heller skyddar mot svår sjukdom och död. De gör alltså ingen som helst nytta men ger biverkningar och skador både på kort och lång sikt. Trots att Läkemedelsverket har fått in enormt många anmälningar om biverkningar, fortsätter Folkhälsomyndigheten att uppmana och skrämma folk att ta sprutorna.

Malte Larsson

Det värsta är att folk fortfarande sover vidare och försvarar injektionerna.

Viktoria Elgh

Många som skäms på ett eller annat sätt skulle jag tro. De vet väl innerst inne att de gjorde fel.

Ylva Borén

När man tänker tillbaka hände det så mycket hemskt... Jag kommer ihåg en stor artikel i Expressen där de visade foton på personer som påstods sprida falska och farliga uppgifter om coronavaccinen. Alltså varnade för att vaccinen kunde försvaga immunförsvaret och annat. Och under fotona stod det: "Den här typen av desinformation dödar." Jag undrar vad det är som dödar, jag!

Viktoria Elgh

Och jag minns en artikel där Alex Schulman tyckte att antivaxxarna skulle få bekosta sina egna begravningar.

Tove Andersson

Ja, man kunde inte fatta att det var sant! Även fast man

visste att de både hade och gjorde fel, så blev man ledsen. Jag blir ledsen än idag när jag tänker på det. Jag kommer aldrig att glömma det förtryck och den mobbing som media, myndigheter och personer i min närhet utsatte mig för. Vissa företag kommer jag ALDRIG besöka igen för att de införde sjuka äckliga pass i dörren. Men de som stod upp för allas värde och val kommer alltid att få mitt stöd!

Johanna Broman

Folk blir irriterade och jag får fullt med ovänner när jag berättar Sanningen. De har hört det så många gånger, säger de, och vi får väl se vad som händer... Då svarar jag att då är det för sent, vi måste vakna före. Vi får väl se på nyheterna, säger de. Jaha, säger jag, tro på det då, men det är nästan bara lögner. För sent ska syndaren vakna, säger jag. De lär få se och kommer att sätta kaffet i halsen.

Mattias Lund

"Vi får se på nyheterna" – ha ha!

FRIDA

Före och efter varje förhör med en person som är misstänkt för ett grovt brott sammanträder utredningsgruppen för att planera och utvärdera förhörsarbetet. Varje förhör föregås av att vi går igenom vilken utredningsinformation som finns tillgänglig och på vilket sätt den ska användas under förhöret. Att sent och gradvis öka användandet av den information vi har, underlättar för oss att göra en korrekt tillförlitlighetsbedömning. Syftet är att den misstänkte, om han ljuger, ska konstruera en historia som strider mot det som redan är känt för oss, och att han inte ska ha möjlighet att anpassa sin berättelse efter det och kanske få en lögnaktig historia att framstå som tillförlitlig. Om han ljuger märks det mer om han inte har kännedom om reella fakta i ärendet.

När vi anser oss ha fått fram nya uppgifter för den misstänkte att ta ställning till kan vi förbereda och genomföra ytterligare förhör med honom. Han kan då komma att ändra sin berättelse för att ligga i linje med den nya informationen. Det i sin tur innebär att vi får ytterligare uppslag att arbeta med genom att nya kontroller behöver göras för att verifiera eller falsifiera hans uppgifter. Vi är inne på samma linje allihop, men särskilt Robban gillar och förespråkar den.

– För att föra utredningen framåt vill man alltid ha ny info med sig till varje förhör. En liten bit varje gång. Det blir som en sporre för en själv och leder till nya frågor som kan få den misstänkte att börja bortförklara och kanske avslöja sig. Men det gäller att inte gå för hårt fram. Man vill ju inte hamna i ett läge där han vägrar prata med oss. Vi hade en som höll käften i tre månader, och det var det ju bara vi som förlorade på.

Rent allmänt tycker jag att det är rimligt att hålla ett par, tre förhör innan man avslöjar delar av bevisningen för den misstänkte. Vi det första förhöret får han berätta fritt, och vid det andra kanske man frågar om han vill utveckla eller ändra på sin utsaga från det tidigare förhöret. Först vid det andra eller tredje förhöret konfronterar man honom med hans eventuella lögner utifrån vad man har från förhör med andra och teknisk bevisning. Man bör med andra ord avvakta, låta den misstänkte prata vidare och så att säga låsa fast sig i lögnen, och så spar man konfrontationen till nästkommande förhör.

Anton irriterar mig ännu mer nu, efter Jessicas berättelse. Det är falskheten jag reagerar på, och det gjorde jag redan innan jag visste hur kall och beräknande han är under den sympatiska ytan. Nog för att jag avskyr och föraktar typer som Tobias så det räcker, men Antons sort är värre. Tobias är i alla fall ärlig och visar genom sitt våldsamma beteende hur omogen han är och hur maktlös han känner sig. Som Sören gjorde, och som Fabian gör. Sören slogs och söp ihjäl sig, och det mesta tyder på att Fabian kommer att sluta på samma sätt. Min korkade lillebror som aldrig lär sig och som jag aldrig har kunnat hjälpa.

Nu när jag vet vilka sidor av sig själv det är som Anton döljer, är det svårt att inte visa vad jag känner och fortsätta att bemöta honom respektfullt och med äkta intresse. Men det är enda sättet att nå fram och få honom att öppna sig. Jag måste hitta en ingång. Vad är han intresserad av, vad upprör och engagerar honom, vad tycker han är viktigt? Det är det jag måste ta reda på och låtsas vara intresserad av.

En person som ljuger använder ofta olika strategier för att verka trovärdig. Han försöker kontrollera och manipulera beteenden hos sig själv som normalt associeras med lögn. En vanlig taktik för att framstå som oskyldig är att uppträda som lugn, trevlig och avslappnad, förneka all skuld och undvika att lämna detaljer om brottet som skulle kunna vara besvärande. Den misstänkte försöker hålla sin berättelse så enkel och nära sanningen som möjligt och bäddar in sina lögner i en sann historia för att minska risken att uppvisa tecken på lögn. Helt lögnaktiga berättelser förekommer faktiskt ganska sällan.

Det är så Anton gör och har gjort sen dag ett. Robban är lika misstänksam mot honom som jag.

– Säg att han har misshandlat henne och minns hur och var han slog henne. Då kan han dra slutsatsen att hon borde ha en skada här och en skada där. Dom skadorna bör hon ha, tänker han, och under förhör beskriver han sen att hon snubblade och skadade sig just där. Då har han redan planterat in en alternativ händelse som kan ha orsakat skadorna som vi kommer att presentera för honom, och han kan förneka att han är skyldig till att ha orsakat dom.

Han tror att han ska kunna lura och manipulera oss och fattar inte att vi genomskådar honom. När det är jag som håller i förhöret märker jag tydligt att han känner sig överlägsen mig. Han förstår inte hur mycket jag ser ner på och föraktar honom. Han fattar inte att det är jag som styr honom och inte han mig.

Som förhörsledare kan jag påverka maktförhållandet under förhöret genom att ge honom en känsla av kontroll. Genom att inte avslöja min information, utan tvärtom låtsas tro på honom, kan jag invagga honom i falsk trygghet. När jag sen avslöjar min bevisning och kräver förklaringar på den, har han förhoppningsvis målat in sig i ett hörn och blivit maktlös.

Eller jag kan spela dum. "Sometimes you just have to play the role of a fool to fool the fool who thinks he is fooling you." Göra en Columbo. Låtsas beundra honom, låtsas underordna mig, låtsas bli osäker och förvirrad, ge sken av att han påverkar mig på samma sätt som han påverkade Jessica och Linnea.

Men jag vet inte. Vad skulle jag uppnå med det? Vilken effekt skulle min fejkade underdånighet få på honom? Skulle den göra honom övermodig och oförsiktig eller skulle han bara känna tillfredsställelse över att ha lyckats påverka och förvirra ännu en kvinna?

FÖRHÖR

FL: Berätta om din kvinnosyn.

AB: Min kvinnosyn? Det har jag ingen särskild.

FL: Inte?

AB: Nej, jag skiljer inte på manligt och kvinnligt när jag bedömer människor. Jag hoppas du förstår att det Linnea sa om mig på inspelningen var det hon kände för Sjölund. Hon var berusad och förvirrad och blandade ihop.

FL: Men vad utgår du ifrån när du bedömer människor då?

AB: Deras personliga egenskaper.

FL: Och vilka egenskaper uppskattar du?

AB: Intelligens, självförtroende, integritet.

FL: Och vilka egenskaper ogillar du?

AB: Dumhet, trångsynthet, lathet. Har du hört talas om funktionell dumhet?

FL: Jag har hört uttrycket men jag vet inte riktigt vad det innebär. Berätta.

AB: Funktionell dumhet är en företeelse som förekommer särskilt ofta inom den offentliga sektorn där ledarskapet vilar på fyra värderingar som är utmärkande för oss i Sverige, nämligen försiktighet, följsamhet, feghet och förljugenhet. Resultatet är ett inkompetent ledarskap som inte klarar av att använda resurserna på ett vettigt sätt. Man ser inte utanför boxen, vilket medför kortsiktigt perspektiv, brist på reflektion och kritiskt tänkande och brist på kreativitet och konstruktiva lösningar. Klyftan mellan den skriftliga policyn och målsättningen och vad som görs i verkligheten kan på så vis växa utan att nån tar ansvar. En jämställdhetsplan på papperet blir alltså viktigare än en reell problemlösning på plats.

FL: Okej.

AB: Funktionell dumhet orsakar kapitalförstöring. Konsekvensen blir att viktiga samhällsfunktioner som till exempel skola, vård och rättsväsende slukar alltmer tid och pengar utan att leverera mer eller ge bättre resultat – tvärtom urholkas kärnverksamheten och administrationen och regelverket växer.

FL: Vad kan man göra för att motverka det då?

AB: Om man vill sluta idka funktionell dumhet är den gängse standardlösningen att förbättra ledarskapet. Man bekostar dyra kurser och föredrag för cheferna, men när dom väl är hemma igen fortsätter allt som vanligt. Ett av huvudskälen till det är att chefer inom den offentliga sektorn är hårt styrda av lagar och regelverk. Det man bör göra är att fokusera mindre på den administrativa delen och mer på arbetet ute på fält. Se till att leverera konkreta resultat – inte snygga siffror utan substans. Se till att tydliggöra värderingar, ansvarsområden och arbetsuppgifter så att alla berörda förstår vad som menas. Det skapar naturligt engagemang och delaktighet också på lång sikt.

FL: Ja, det låter ju bra, men hur lätt är det att genomföra?

AB: Om den sanna viljan finns och man är beredd att arbeta hårt för att nå målet så är det fullt möjligt.

FL: Av det du berättar drar jag slutsatsen att du föredrar starka och självständiga människor.

AB: Ja, det stämmer.

FL: Var Linnea stark och självständig?

AB: Nej, det var hon inte. Hon försökte ge sken av det, men det var hon tyvärr inte. Hon var helt knäckt.

FL: Hur yttrade det sig i förhållande till dig?

AB: Att hon inte orkade ta hänsyn till mina känslor och behov. Att hon var självupptagen och bara tänkte på sig själv. Hon var otacksam, lättstött och irriterad. När jag var stressad och trött tog hon ingen hänsyn till det utan gick bara på om sitt. Det slet på mig att ha det så.

FL: Ja, det förstår jag. Av vad eller vem hade hon blivit knäckt då?

AB: Av sitt ex. Av Sjölund. Av att han trakasserade henne och inte lät henne vara ifred.

FL: Inte av dig då?

AB: Nej, absolut inte. Sånt håller jag inte på med.

FL: Vem var det som knäckte Jessica då?

AB: Nu hänger jag inte med.

FL: Vem var det som knäckte Jessica Rönnlund, som du hade ett förhållande med innan du träffade Linnea?

AB: Ja, inte var det jag i alla fall.

FL: Hon påstår det.

AB: Då ljuger hon.

FL: Hon påstår att du utsatte henne för gaslighting och crazymaking.

AB: Bullshit. Det skulle jag aldrig göra. Det är inte min stil.

FL: Vilken är din stil då, Anton?

FRIDA

Jag har fått ytterligare ett mejl från Linneas syster.

"Hej. Jag vet ju inte varför Anton är häktad och vilka bevis ni har mot honom, men om det är han som har dödat Linnea så har jag tänkt på var han kan ha gömt henne. Det finns en tråd om Linneas försvinnande på Flashback som jag brukar gå in på ibland, och nu läste jag några inlägg med funderingar om var hennes kropp kan vara gömd. Det var en som hade skrivit att den kan ligga i en gödselbrunn, och när jag läste det mindes jag en sak.

En gång när Linnea och Anton var ute och åkte i området där Johannas stuga ligger, visade han henne ett ställe där han hade haft orientering en gång när han gick i skolan, berättade hon för mig. Det låg ett obebott och förfallet torp där, och utanför fanns det en djup brunn som han visade henne. Tänk om det är där han har gömt hennes kropp? Jag kommer inte ihåg vad hon sa att stället heter, men det fanns en vägskylt vid stora vägen, som Anton såg och kände igen namnet på. Det kan ha varit nånting med "torp", men jag är inte säker. Hälsningar, Mirja"

Tråden på Flashback om Linneas försvinnande startades i november förra året och innehåller för närvarande nästan tusen inlägg. Så fort Anton blev häktad började det spekuleras om hans identitet, och nu är han uthängd på både Flashback och Facebook. Inte med namn och bild, men det är inte svårt att räkna ut vem han är. Jag har läst lite på måfå bland äldre inlägg i tråden.

FLASHBACK

Det måste finnas någon eller några som vet – eller kan ana sig till – vad som hänt Linnea! Diskussionen om vad som hänt henne och var hon finns måste fortsätta för hennes familjs, släkts och vänners skull! Så vet ni något eller kan fråga bekanta – berätta! Den här tråden når många och är ett utmärkt ställe att diskutera på.

Skumt när någon bara försvinner, oftast brukar ju kroppen dyka upp så småningom. Eller hur vanligt är det att en person förblir borta?

De flesta mord med försvunna kroppar klaras upp. Det finns alltid någon person i omgivningen som vet något och till slut vill lätta sig hjärta. Eller så hittas kroppen av en slump.

Försvinnanden är ju alltid väldigt mystiska, speciellt när de förblir ouppklarade. Det är på något sätt obegripligt att en människa bara kan försvinna och aldrig synas till igen. Mord är minst lika tragiska, men då vet man oftast vad som hänt, men när någon bara är borta blir det en större mystik i det hela. Är för övrigt helt övertygad om att Linnea har blivit mördad, frågan är väl bara hur gm har lyckats gömma kroppen så bra att den inte har hittats.

Ja, mord är minst lika tragiska men då finns i alla fall denna vetskap samt en grav att gå till. Denna ovisshet måste vara bland det värsta som finns. Det går inte att ge goda råd eller att ge någon sorts tröst när det gäller olösta försvinnanden. Hur svårt det än har varit, så har anhöriga varit tvungna att gå vidare i livet. Detta har anhöriga till försvunna själva berättat för mig.

Enda chansen att få reda på vad som hänt Linnea efter så här lång tid verkar vara genom ett direkt eller indirekt erkännande eller att någon finner hennes kropp. Idag är det praktiskt taget ett hopplöst fall. Ingen kropp, och det har gått snart ett år, kroppen är i vart fall knappast i skick för säkrande av spår om den hittas.

Det är nog vanligare än man tror att man aldrig hittar kroppen. Linnea ligger nog nedgrävd nånstans, jag tror inte hon ligger i nån sjö, då brukar kroppsdelar dyka upp förr eller senare om inte mördaren varit väldigt noggrann.

Jag tror inte på att man grävt ner kroppen. Att gräva en grav är ganska jobbigt, och blir den inte tillräckligt djup så kommer olika vilda djur och fåglar dit.

Var skulle polisen ha letat, där de inte har letat? Om kroppen finns på botten av ett schakt till exempel… Det skulle krävas enorma resurser att leta i ett sådant och var skulle man i så fall börja? Jag skulle tro att chansen att gärningsmannen grävt ner kroppen i skogen är mindre; nergrävda kroppar (som inte är alltför djupt nergrävda), brukar dyka upp så småningom i exempelvis svamptider eller om någon hundägare är ute på skogspromenad.

Och då är ju det enda hoppet om att någonsin hitta Linneas kropp antingen att någon som möjligen såg något i samband med att hon försvann minns och träder fram, eller att folk som rör sig ute i markerna ser något av en slump. Och detta kan ju dröja hur länge som helst.

Ett alternativ som jag själv har tänkt på varför man inte hittar kroppen måste ju vara att gärningsmannen har transporterat kroppen en lång sträcka för att sedan gräva ner den.

Han har nog inte kört längre än nödvändigt. Nog velat bli av med kroppen så fort som möjligt. Inte riskerat att t ex bli stoppad av polisen med "lik i lasten". Fast hur ofta söker polisen igenom t ex bagageutrymmet på en bil de stannar för en rutinkontroll? Känns ganska ofarligt att köra med ett "lik i lasten".

Ja, jag håller med dig. Dessutom ska man ju komma ihåg att detta hände på natten, och jag har svårt att tänka mig att polisen ofta kollar i bagageluckan vid en rutinkontroll då.

Jag bor bara några kilometer ifrån där hon försvann, och i detta område finns en mängd småvägar, ganska lite trafik samt inte så stor risk att stöta på polisen. Stort och mycket glesbefolkat med bitvis ganska svår terräng.

Jag tror inte att förövaren har åkt alltför långt med henne, inte längre än han behövt, men samtidigt tillräckligt långt för att gömma henne på ett ställe där hon inte kommer att hittas. Om ingen tar bladet från munnen, förstås. Det har gått snart ett år sen Linnea försvann och det skulle inte vara en dag för tidigt att den eller de som vet vad som hänt och var hon finns berättar det!

Sänkor och gamla jordbruksruiner är bra ställen att gömma kroppar på. Gödselbrunnen på ett nedlagt jordbruk är till exempel ett perfekt ställe att slänga ner kroppen i. Dessutom ställen där ingen vistas i normalfallet. Ofta inhägnat/övertäckt och vatten-/gödselfyllt. Hittar man bra i området kan man utan problem hitta ett sådant ställe.

Är det OK att han går fri och att Linneas familj därmed aldrig får veta vad som hände henne? Är det OK att han slipper ta sitt ansvar för detta, trots att det kanske inte var meningen, det som hände, utan "bara" något som gick fel?

Nu har det snart gått ett år sedan mordet och hittills har allt "gått som på räls" för mördaren. Han vore en idiot om han erkände nu. Varför skulle han göra det? Ett erkännande skulle inte gagna honom utan tvärtom.

Jag tänker att Linneas gärningsman kan ha ett starkt försvar och att han fungerar till synes bra. Han kan vara en trevlig pappa/make/kollega. Det finns många psykopater som är glada svenssons, charmiga, lätta att ha att göra med och bra på det de jobbar med. En sådan skulle nog kunna klara av att mörda en tjej, begrava henne och sen fortsätta sitt liv utan att nån märkte nån skillnad.

Gärningsmannen behöver inte vara sjuk i lagens mening. Att döda en människa oplanerat (jag tror inte att detta var planerat) kan en annars normalt fungerande individ göra; det kan "slå slint" i en viss situation under vissa speciella betingelser. Men det behövs nog en speciell typ av personlighet för att leva med det i fortsättningen. Om personen är något sånär normal, kan han inte haft det lätt, om han inte har lyckats förtränga händelsen. Om gärningsmannen har psykopatiska drag och därmed saknar empati för andra eller om brottet är utfört under drogpåverkan (och personen efteråt har en minneslucka, vilket kanske är mindre troligt), så är det lättare att förklara hur han lyckats leva med vetskapen om vad han gjort under så lång tid.

Förmodligen har vi antingen att göra med en riktigt trevlig psykopat som iskallt kunde göra det han gjorde utan att det rörde honom i ryggen, eller så har vi en person som mått ordentligt dåligt efteråt, trots att han antagligen gjort allt han kunnat för att försöka förtränga händelsen. Det borde vara sannolikt att omgivningen märkt detta, genom att gärningsmannens personlighet och humör kan ha förändrats. Om vi bortser från att gärningsmannen har psykopatiska drag (vilket naturligtvis är möjligt att han har) och att han fungerar normalt känslomässigt, så kan man hoppas att polisen kollade upp individer som ändrade sitt beteende efter Linneas försvinnande.

Och nu, efter häktningen:

Vem är den jäveln? Nån som vet?

Han är snart identifierad. Så jävla bra.

Han är identifierad.

Outa namnet då.

Det är sambon.

Vilket jävla kräk.

Ta hit han ja har en grävmaskin å en gödsel brunn!

Jag har en flistugg.

Det Mirja berättade är intressant och värt att följa upp. Den angivna platsen är lokaliserad och sökinsatser är redan påbörjade. Om vi hittar Linneas kropp i brunnen borde saken vara klar, tycker jag. Då återstår bara ett erkännande.

Hur vanligt är det att döda kroppar dumpas i brunnar? Själv kan jag inte minnas några fall, men när jag googlar hittar jag ett som det skrevs om 2016 och som Leif GW Persson kommenterade i Expressen:

"Brunnar är väldigt populära, ska du veta. Allt ifrån gödselbrunnar till dagvattenbrunnar och gamla gårdsbrunnar. Det är ett djävligt praktiskt sätt att förvara folk på. Det är jättepoppis för då slipper man gräva, säger GW. Brunnar har en lång tradition inom ämnet. Problemet är ju att de som ligger där sällan hamnat där av en slump, fortsätter polisprofessorn."

Jag undrar vilka fall han tänker på, för själv jag hittar jag bara ett till när jag googlar, men det utesluter ju inte att det kan finnas flera.

När jag ändå var i farten på nätet tittade jag in på Facebook en stund, och där avhandlades ämnet *dumhet*, som ju kom upp i det senaste förhöret med Anton. Jag har alltid retat mig på korkade och inskränkta människor, men nu är dumheten så allmänt utbredd att det inte går att reagera enbart på enskilda individer längre. Nu är det inte bara vissa personer och grupper som visar prov på minimal intelligens; nu genomsyras hela samhället av trångsynthet, slapphet och förvirring. Och det är jag inte ensam om att tycka.

FACEBOOK

Melanie Forslund
Allas ålder idag = 2022.
Idag är hela världen i samma ålder.
Idag är en speciell dag och det händer en gång på 1000 år.
Din ålder + födelseår = 2022.
Något väldigt konstigt, inte ens experterna kan förklara det.

Milly Palm
Häftigt!

Gunilla Oskarsson
Mycket märkligt.

Melanie Forslund
Ja, visst är det.

Sofie Sörman
Stämde för mig.

Pia Hedin
Det stämmer väl för varje år?

Lena Adolfsson
Ja, det är så varje år.

Pia Hedin
Jag tycker att alla människor har blivit så dumma... Eller är det bara som jag inbillar mig? Eller har det varit så jämt fast jag inte har tänkt på det eller inte märkt det? Är det sociala medier som gör att det märks så tydligt nu

för tiden hur dumma folk egentligen är?

Per-Arne Norman

Måste medge att jag börjar tröttna på alla bekantas barnbilder, perfekta semesterbilder och glada miner. Bekräftelsebehovet hos vissa av dagens människor är rent ut sagt skrämmande. Men man får aldrig se bakom kameran, behind the scenes. Nu börjar jag undra varför jag ska hålla på och bry mig om hur jävla perfekta liv alla andra har. Jag spontancheckar några gånger per dag, men jag skriver aldrig nånting själv (utom nu). Hur många mår inte dåligt av att se när en bekant glassar på en strand i ett avlägset land medan man själv går hemma och klipper gräsmattan? I undersökningar som gjorts så är det bevisat att folk mår dåligt av detta. Samma sak gäller olika bloggar. Vem fan vill veta vad jag gör i mitt trista lilla liv. Vaknar, äter frukost, skiter, jobbar, sitter vid datorn, käkar middag, kollar på en film, går och lägger mig. Vill jag berätta nånting för mina vänner så kan jag antingen ringa eller träffa personen öga mot öga. Alla måste inte få veta allt. Är så less på allt snack om Insta, Twitter, Facebook, bloggar och annan dynga. Tror fan jag inaktiverar mitt konto snart för att se om jag mår bättre då.

Bruno Eriksson

"Vi har egenskaper och förmågor som inte går att hitta hos någon annan art. Det har gjort oss till härskare över planeten. Samtidigt har vi varit nära att förinta oss själva flera gånger och just nu gör vi vårt bästa för att vårt gemensamma hem ska bli obeboeligt. Är vi egentligen mycket dummare än vi tror? Och i så fall – kan vi göra något åt det?" (Dystopia)

Gunnar Liljedahl

En dum människa är född dum. Man tillhör de dummas skara på samma sätt som man har en viss blodgrupp eller en viss hårfärg. Och andelen dumma människor, som är cirka 80 % av befolkningen, är konstant, oavsett vilken tid, plats, ras, klass eller annan sociokulturell eller historisk variabel man använder sig av i en undersökning. Man hittar samma procentandel dumma personer oavsett om man observerar en mycket stor urvalsgrupp eller en mycket liten.

Bruno Eriksson

Jag citerar Patrik Engellau: "Enligt ett påstått latinskt talesätt slår gudarna dem de vill förgöra med dumhet. Man undrar varför gudarna inte klipper till mer pang på rödbetan med vulkanutbrott eller jordbävningar eller några andra verksamma naturkatastrofer. Jag tror att gudarnas val av metod bestäms av deras oändliga och obegripliga kärlek till människan. För det första vill de inte själva ta människor av daga utan föredrar att förgifta dem med dumhet så att de förintar sig på eget bevåg. För det andra kanske gudarna inte vill förgöra alla människor utan bara vissa särskilt misshagliga individer. Gudarna ogillar möjligen tanken att en massa oskyldiga skulle stryka med vid en allmän syndaflod och föredrar därför att rikta sin ilska direkt mot de skyldiga. Metoden borde ha den extra fördelen att när dumheten bryter ut hos dem som ska straffas och de så småningom går under så kan alla andra följa processen och i bästa fall lära sig hur dumheten ser ut och vart den leder."

Lena Adolfsson

Men hur ska man kunna avgöra vem som är vad?

Bruno Eriksson

Patrik Engellau: "Ett av de säkraste tecknen på dumhet är att folk inte ställer sig de enklaste och mest naturliga frågorna. I särskilt avancerade fall av dumhet kan de till och med bli provocerade när någon annan ställer relevanta frågor."

Åsa Lundin

Att folk har blivit dummare är helt klart. Alla beter sig som idioter.

Flyger, flamsar, slösar, svamlar.

Det är svårt att få klara och entydiga besked om saker och ting.

Självklara regler följs inte längre.

Ingen vill ta ansvar.

Nyhetsrapporteringen är opålitlig och delvis imbecill.

Politikernas beslut är inskränkta och ologiska. Man fokuserar på detaljer och blundar för helheten. Man monterar ner istället för att bygga upp. Man går bakåt istället för framåt.

Men det är väl så folk vill ha det.

Malin Schröder

Ja, jisses vad totalt intelligensbefriat allting är!

INGENTING fungerar ju i samhället längre! Inte skolan, inte psykvården, inte rättsväsendet, inte kriminalvården, inte den vanliga sjukvården, inte äldreomsorgen, inte tågtrafiken, inte elförsörjningen, inte postutdelningen...

Anders Björklund

PostNords koncernchef Annemarie Gardshol höjde nyss sin lön med 20 procent till 842 000 kronor i månaden plus förmåner. Anledningen till höjningarna är enligt styrelsen att lönen tidigare var för låg och inte marknadsmässig. Samtidigt hävdar AG att PostNord är i ekonomisk kris. Med den ursäkten gör ledningen stora nedskärningar och vår arbetssituation blir allt sämre: brevbärare varslas, tidspressen ökar konstant och kollegor sjukskriver sig på grund av stressen vilket innebär att vi andra får större slingor och ökad belastning. Därför känns det väldigt konstigt att AG har så extremt hög lön medan vi anställda sliter ut oss. Som jämförelse kan nämnas att statsministern har ett arvode på 184 000 kronor i månaden och en erfaren brevbärare tjänar mellan 26 000 och 33 000 kronor i månaden. Men när någon av oss pratar med media om detta så får vi en erinran. De vill tysta oss.

Tora Westerlund
Vattenfalls vd Anna Borg har 1,3 miljoner i månadslön, plus 4 763 000 kr årligen för framtida pension och löneförmåner på 102 000 kr.

Bruno Eriksson
Dom borde fan skämma ögonen ur sig!

FRIDA

Mirja hade rätt. Linneas kropp låg i brunnen. Och att det var där den låg, i en brunn som Anton kände till, stärker naturligtvis misstankarna mot honom ytterligare.

Mirja är underrättad. När jag berättade om fyndplatsen sa hon att det känns bra för henne att det var just hon som kom med upplysningar som ledde till att Linnea blev funnen. Men hon var upprörd också, när hon tänkte på Anton.

– Då är det ju bevisat att det var Anton som dödade henne! Ni fattar väl det, att det var han? Men varför gjorde han det? Han är ju inte alls som Tobias, så varför skulle han plötslig bli våldsam mot henne och döda henne? Hur dog hon? Hur gick det till? Vet ni det? Led hon? Var det långsamt och utdraget eller gick det fort? Vad gjorde han med henne? Har ni frågat honom? Vad säger han? Har han erkänt?

Hon ställde en rad frågor som jag inte kunde svara på. Kroppen är inte obducerad än, så dödsorsaken är fortfarande inte känd, och enligt rättsläkaren kan det i värsta fall vara omöjligt att fastställa den.

Ju förr en kropp hittas, desto större är möjligheten att göra en bra bedömning av dödsorsaken. Möjligheten att fastställa den sjunker med tiden, men bara för att en längre tid har gått är det inte säkert att det är kört. Det viktiga är att man gör en noggrann undersökning av kroppen. Vissa detaljer kan gå att utläsa även efter lång tid, exempelvis om personen har dött genom ett knivstick. Skador som går djupt kan alltså gå att se. Det är svårare om personen till exempel har strypts till döds. Fast även om bara skelettet återstår kan dödsorsaken ibland fastställas. Det kan fungera om det till exempel rör sig om skottskador i huvudet.

Har kroppen legat i vatten så är det ur rättsmedicinsk synpunkt bättre ju kallare vattnet har varit. En kropp som ligger på femtio meters djup eller mer, där vattentemperaturen inte är mer än cirka fyra plusgrader, kan bevaras mycket länge. Jag har undersökt kroppar som har legat på botten i månader och som fortfarande har varit väl bedömbara. Om kroppen däremot ligger grunt eller i ytvattnet på sommaren kan den vara svårbedömd redan efter en vecka.

Kvinnan i brunnen är identifierad. Vid den rättsondontologiska undersökningen har man jämfört kvinnans tandstatus med Linnea Almkvists tandröntgenbilder och tandläkarjournaler. Man tittade på lagningar, extraktioner och andra specifika detaljer, och genom detta har man med full visshet kunnat fastställa att den döda kroppen tillhör Linnea Almkvist. Men det är ännu för tidigt att uttala sig om dödsorsaken. Att det är ett våldsbrott som ligger bakom är det dock ingen större tvekan om eftersom kroppen har flyttats och dumpats i brunnen.

FÖRHÖR

FL: Nu kan vi berätta för dig att vi har hittat Linnea.

AB: Har ni hittat henne? Lever hon?

FL: Nej, hon lever inte. Hennes kropp har påträffats i en brunn vid ett gammalt torp.

AB: I en brunn?

FL: Ja. Vid ett ställe som heter Stentorp. Känner du till det stället?

AB: Nej, det gör jag inte. Var ligger det?

FL: Inte så långt från Johanna Berglunds sommarstuga.

AB: Men hur kan hon ha hamnat i en brunn?

FL: Det är det vi hoppas att du ska kunna berätta för oss, Anton.

AB: Det kan jag inte.

FL: Nu är det så att vi vet att du känner till den här brunnen och att du vid ett tillfälle visade den för Linnea.

AB: Nej, det stämmer inte. Var har ni fått det ifrån?

FL: Linnea berättade det för sin syster.

AB: Nej, det måste hon ha fått om bakfoten. Jag känner inte till nånting om nån brunn.

FL: När du gick i högstadiet hade ni orientering i området och då hittade du och din kompis brunnen vid torpet. Stämmer inte det?

AB: Det har jag inget minne av.

FL: Och det berättade du för Linnea, och så åkte ni dit och du visade henne brunnen.

AB: Nej, det har jag inte gjort.

FL: Och efteråt berättade Linnea det för sin syster, som nu i sin tur har berättat det för oss.

AB: Nej, det stämmer inte.

FL: Vi vet att du kände till brunnen, så det kan du lika gärna erkänna nu.

AB: Nej, nej.

FL: Berätta nu, Anton. Vad var det som hände den där natten när du träffade Linnea vid stugan?

AB: Är ni säkra på att det är hon?

FL: Ja, hon är identifierad.

AB: På vilket sätt?

FL: Med hjälp av hennes tandläkarjournaler.

AB: Åh, gode gud…

FL: Vi vet att det var du som gömde hennes kropp i brunnen, Anton. Det vet vi, vad du än säger. Och vi vet att det var du som…

AB: Jag kan inte fatta det. Jag trodde att hon var död, och jag trodde att jag hade accepterat det, men nu när jag får det bekräftat känns det ändå som att jag inte kan fatta det. Åh, gode gud, det här kan jag bara inte… Kan vi bryta och ta en paus?

FRIDA

Det var Robert som gav Anton beskedet om Linneas död.
Först reagerade han inte alls. Sen, efter en del prat om brunnen som han för övrigt förnekade all kännedom om, var det
som om han kom på att han kanske borde visa lite känslor
också, som en reaktion på det sorgliga beskedet. När Robert
öppet anklagade honom för Linneas död, greps han plötsligt
av förtvivlan och bad att få avbryta förhöret. Så den sinnesrörelsen kom ju lägligt. Hans försök att visa chock och förtvivlan var inte övertygande. Det han åstadkom var bara pinsamt
och lurade ingen.

Och han fortsätter att ljuga. Hur länge ska han hålla på
med det? När ska han erkänna vad han har gjort så att Linnea
får upprättelse och rättvisa kan skipas?

Det var tydligen inte mycket kvar av henne när hon kom
upp ur brunnen. Jag tänker på mamma, som det inte heller
var mycket kvar av när hon dog.

*Mamma är död. Hon ser fridfull ut. Nu behöver hon inte lida
mer. Sjukhuspersonalen har gjort henne i ordning. Hon har blivit
tvättad och fått rena kläder på sig. Man har gjort fint i rummet
och tänt ett ljus. Jag är här för att ta farväl. Hej då, mamma. Du
gjorde så gott du kunde. Hoppas du har det bra nu. Hej då.*

Hon slapp i alla fall uppleva pandemin och vaccinationshysterin, och hon behövde inte oroa sig för klimatförändringarna och det vansinniga kriget i Ukraina. Hon kom undan i
tid och slipper se hur Fabian förstör sitt liv och hur hela
mänskligheten närmar sig det oundvikliga slutet.

FRIDAS FRISTAD

Kvinna
Nu när det är vinter och kallt och snart jul tänker jag extra mycket på alla stackars soldater och civila i Ukraina som ser hus och människor sprängas i bitar och som tvingas leva under ett ständigt hot. Jag skäms över att jag har det så bra. Att jag har mat och värme och en säng att sova i utan att behöva oroa mig för att bomber när som helst ska falla ner och spränga mig i bitar. Det är så fruktansvärt orättvist. Fan ta Putin!

Kvinna
Jag är väldigt nere för det här med kriget i Ukraina. Varje dag och speciellt när jag ska sova så tänker jag på att det kan bli krig här i Sverige också. Det är fullt möjligt och inte alls särskilt långt från verkligheten. Många i min krets vill bara vara optimistiska, så det är svårt att prata om det med andra, men jag tänker på det både natt och dag och har en fruktansvärd ångest.

Kvinna
Rådet är att inte följa nyheterna för att känna sig lugn. Men hur ska man kunna förbereda sig då? Jag vet inte hur man ska tänka. Ska man bara gå på som vanligt och försöka låtsas som ingenting? För det tär så mycket på en att oroa sig. Men jag tror att oron gör en lite förberedd så att man blir mindre chockad om det faktiskt skulle hända.

Kvinna
Försöker att inte tänka på det, tycker att det är sjukt obehag-

ligt. Följer inte nyheterna längre, det känns som att allt bara håller på att gå åt helvete. Som att hela världsfreden står på spel. Som att demokrati och mänskliga rättigheter snart är ett minne blott.

Man

Jag vill inte skriva om såna här saker på sociala medier där jag har vänner som vet vem jag är. Där ska man bara visa hur lyckad och framgångsrik man är och inte komma dragande med sina problem. Dom vill inte bli påminda om allt som är dåligt och fel. Dom vill bara festa och ha kul och inte tänka på framtiden. Därför är det bra att man får vara anonym här så att man kan berätta sanningen. Och sanningen är att hela jag mår piss på grund av allt som sker i världen. Först klimathotet som gör framtiden oviss. Sen coronapandemin som kom och förstörde. Sen kriget i Ukraina som pågår just nu. Jag känner medlidande med ukrainarna, men att Sverige kan bli attackerat får mig att tappa meningen med livet och bara vilja dö. När jag läser på nyheterna att folk letar efter skyddsrum och bunkrar mat, så känner jag att jag inte vill överleva kriget. Jag vill inte sitta i ett skyddsrum med andra människor och ha begränsad tillgång på mat och vatten. Och hur löser man toalettfrågan? Om det nu skulle bli krig och jag inte vågar begå självmord tänker jag låta ryssarna skjuta mig till döds för att få slut på mitt lidande. Jag är 23 år gammal, har inget körkort, ingen bil, inget riktigt jobb, ingen flickvän, ingen familj som bryr sig om mig, ingen egen bostad. Jag känner mig som en loser för att jag inte har lyckats uppnå det som alla andra i min ålder har, och nu när kriget kan drabba Sverige så känner jag att jag har fått nog och vill ge upp allt. Min utbildning betyder ingenting för mig längre och min framtida examen kan jag lika gärna glömma, för den är helt värdelös. Hade jag vetat att pandemin och risk för krig skulle uppstå, hade jag tagit en annan väg efter gymnasiet och sluppit allt besvär som inte har varit till minsta nytta för mig. Så om kriget kommer till Sverige är jag beredd att dö i ryssarnas händer. Förlåt för ett så långt inlägg.

Kvinna

Det obehagliga i det här tycker jag är att bli påmind om det man lärde sig under corona-pandemin, nämligen att man står helt ensam när det verkligen gäller. Det skrämmer mig. Folk blir egoister. Det finns ingenting som tyder på att myndigheterna skulle hjälpa en i en allvarlig kris. Ser framför mig meningslösa pressträffar som bara får en att inse att man måste klara sig själv. Att det bara är tomma löften och falsk empati som visas upp. Under krig föreställer jag mig att folk skulle kunna ta till vilka brutala metoder som helst för att rädda sig själva. Min syn på oss svenskar är tyvärr inte särskilt positiv. I synnerhet inte nu efter valet när så många har visat sitt rätta ansikte. Jag har verkligen tappat tron på mänskligheten.

Man

Jag tycker fortfarande det är sjukt svårt att få information om hur allvarligt själva hotet vi lever i just nu är. Det som hände under pandemin gjorde mig inte precis trygg i att lita på politiker, myndigheter och massmedia. Så jag skulle inte bli ett dugg förvånad om politiker vet massor om detta som inte kommer fram, och att de återigen agerar bakom kulisserna i eget syfte. Förmodligen lever vi under ett betydligt större hot än vi får reda på.

Kvinna
Jag litar inte på våra myndigheter och politiker. Jag är mycket oroad. Håller med om att de tonar ner faran med kriget. Det blir såklart konsekvenser av detta krig. Och jag som redan är fattig oroar mig för hur jag ska klara mig med mat och boende. Och var ska alla flyktingar bo?

Kvinna
Tänker på försvar. Allt som vi har kämpat för hittills för att kunna leva som vi gör idag känner man nu att man kanske inte längre kan ta för givet. Men jag vill gärna vara med och försvara värden som demokrati, yttrandefrihet, fri åsiktsbildning, jämställdhet, rättvisa och fred. Det handlar inte om att döda människor utan om att försvara sig. Och att erbjuda medling istället för att skicka vapen.

FRIDA

Nu vet Anton i stort sett allt vi känner till om honom och allt vi har på honom, och det kan han gott sitta och grunna på över julen. Han kan till exempel tänka på Linneas armband som Johanna såg i baksätet på hans bil, vilket visar att hon hade befunnit sig där just den natten, ljudinspelningen på Linneas mobil där hon nämner hans kontrollbehov och svartsjuka, att hon tror att det är hans bil hon ser svänga in på parkeringen och att hon tänker gå ut och göra slut med honom, stillbilderna från övervakningskameran utanför åkeriet som visar en bil som kan vara hans, Jessicas vittnesmål om hur han behandlade henne under deras förhållande, Mirjas vittnesmål som bevisar att han kände till brunnen där Linneas kropp har hittats... Han har mycket att fundera på och bestämma hur han ska förhålla sig till. Men det mesta är bara indicier, och frågan är hur långt det kommer att räcka.

Förutsättningen för att åtal ska kunna väckas är att åklagaren kan förvänta sig en fällande dom. För fällande dom i brottmål krävs att det ska vara ställt utom rimligt tvivel att den tilltalade har gjort sig skyldig till brott, det vill säga att det ska framstå som i stort sett uteslutet att han är oskyldig. Men bevis bortom rimligt tvivel betyder inte bevis bortom *varje* tvivel. Det är åklagaren som ska bevisa vad som har hänt och utifrån brottsutredningen lägga fram alla omständigheter som han anser ger stöd åt hans gärningspåstående.

En brottsutredning ska helst ha lyckats klargöra *vad* som har hänt, *när* det har hänt, *var* det har hänt, *hur* det har hänt, *varför* det har hänt och av vem den brottsliga gärningen har begåtts. I det här fallet har vi inte lyckats med det. Vi har bara indicier, det vill säga indirekta spår, och det räcker inte.

I indiciemål är det ett minimikrav att det kan fastställas att den misstänkte gärningsmannen har befunnit sig på, eller åtminstone i närheten av, brottsplatsen eller en möjlig brottsplats, att han haft möjlighet att utföra gärningen och att annan gärningsman kan uteslutas. Men inte ens det har vi lyckats med till hundra procent.

Om förundersökningen läggs ner kan den alltid tas upp igen om det skulle dyka upp nya omständigheter eller bevis. Det är bättre att lägga ner en förundersökning än att väcka åtal med svaga bevis som kanske leder till att en skyldig person frikänns helt. Om åtal inte väcks kvarstår möjligheten att väcka åtal den dag det finns nya bevis som är tillräckligt starka för att kunna leda till en fällande dom.

Nu gör vi ett uppehåll i förhören under den fröjdefulla julen, som kommer att innebära fylla och misshandel av obstinata fruar och olydiga barn, plus ett ökat antal självmord, våldtäkter och andra våldshandlingar. Nu får vår misstänkte lite mer tid på sig att begrunda sin situation och tänka ut sina fortsatta strategier.

FRIDA

Vi firade jul tillsammans med Lennart, Jesper och Jespers nya tjej, som har en dotter i Majas ålder. Vi har inte träffat dottern än, och i år tillbringade hon julen hos sin pappa, så det blev inte av nu heller.

Det var Mats som stod för matlagningen, med sporadisk hjälp av Maja och mig, och allt var frid och fröjd tills Lennart drog ut en bok ur bokhyllan. Det var Greta Thunbergs *Klimatboken*. Jag har aldrig funderat över var Lennart står i klimatfrågan, men nu vet jag det.

– Den här boken skulle jag gärna bränna. Gärna hela upplagan förresten. För det måste ju vara ett skämt? En tonåring som vet mer än forskare? Kan det verkligen vara sant att man har så låga krav på kunskap i faktaböcker? Gretas kunskaper om klimatet är absolut inget att hurra för. Flickstackaren är helt ute i det blå. Problemet är att hon är väldigt långt ifrån den vetenskapliga verkligheten om klimatet. Det påverkas nämligen till över nittiosex procent av solens aktivitet. Hon borde vara mån om miljön i stället, men hon tror att miljö och klimat är samma sak. Man bryr sig inte om miljön genom att använda lim på asfalt eller förstöra konstverk. Man kan däremot ändra sin livsstil till en grön värld genom att äta mat producerad på betade gröna ängar. Det är inget fel att bry sig om miljön, men att till exempel orsaka att inte ambulanser och brandbilar kommer fram är rent sinnessjukt. Miljömupparna och aktivisterna ser inte längre än näsan räcker. Inser till exempel inte vad vindsnurrorna ställer till med och hur mycket miljöförstöring elbilarnas batterier åsamkar. Vi har ett problem med kemikalier, men det ignoreras och allt fokus läggs på koldioxid, som inte är farligt för miljön utan tvärtom livsviktigt.

Han sa att han ville bränna Gretas bok. Han sa att hon saknar kunskap om klimatförändringarna. Han sa att hon inte kan skilja på klimat och miljö. Herregud. Och det sa han fast han inte ens har läst boken och det framgår att Greta har skapat den i samarbete med över hundra experter och tänkare. Det kom som en chock för mig att han visade sig vara så oupplyst och dum. Jag sa inte emot honom, men jag kände hur avståndstagande jag blev. I tankarna försökte jag ursäkta honom med att han nyligen har förlorat sin fru och inte är riktigt i balans, men jag visste att det inte berodde på det. Jag har tyckt om honom, varit tacksam mot honom för det han har hjälpt Mats och Maja med, och jag har haft medkänsla med honom för att Siw har dött. Men nu vet jag inte längre. Nu måste jag omvärdera honom. Jag vet att mentala begränsningar inte går att påverka, men i hans fall handlar det kanske bara om okunskap, och i så fall finns det ju hopp. Men har han inte skaffat sig den kunskapen själv är han väl inte intresserad, och då är det ju ingen mening med att försöka tvinga på honom den.

Efter skjutningen lärde jag mig att inte ha några förväntningar på andra människor mer och att inte bry mig om vad andra tycker om mig. Den inställningen gav mig en känsla av frihet, och den försöker jag hålla fast vid. "When you truly don't care of what the fuck anyone thinks of you, you have reached a dangerously awesome level of freedom", som Jim Carrey lär ha sagt. Inga förhoppningar, inget beroende, inga besvikelser.

Jag har till och med lyckats distansera mig från Fabian och accepterat att jag inte kan hjälpa honom. Jag är inte arg och besviken på honom längre. Det är hans liv, och har han inte förmågan att ta vara på det och vägrar ta emot hjälp, så finns det ingenting jag kan göra.

Jag bryr mig inte om vad andra tycker om mina böcker heller. Jag vet att Mats har läst omdömena om *Redogörelsen* på Storytel, men själv har jag inte gjort det.

– *Vill du inte veta vad lyssnarna tycker om din bok?*

– *Jo, okej då, låt höra.*

– *Några tycker att den är tråkig, tjatig, ointressant och totalt värdelös. En tycker att den är taffligt skriven, en annan förstår inte hur den överhuvudtaget har kunnat släppas som ljudbok, en tredje utbrister plågat: Nej, nej, neej!*

– *Oj då.*

– *Mm. Sen finns det dom som tycker att den är smart, spännande, intressant, fängslande och viktig. En skriver att hon älskar den, en annan att den är suverän och en tredje att den visar prov på ett "oerhört begåvat och briljant berättande." Så vad ska man tro?*

– *Ja, säg det.*

– *Att omdömet om en bok alltid säger mer om den som bedömer den än om själva boken.*

FRIDAS FRUSTRATION

Dödergök, Katarina Wennstam

"Han som sålde var väl inte mer än tio år äldre än oss?"

"För att tysta den lilla rösten inombords som försökte påminna henne om sina gamla löften."

"Får för sig att servitören glor på henne och börjar istället fingra på den styva linneservetten framför henne."

"Hon stänger av och stirrar på papprena framför henne."

"Jag kan sträcka mig så långt som till att påminna honom om sina rättigheter att ansöka om skadestånd av staten..."

Koryféerna, Lena Andersson:

"Jag frågade vad han menade med det, och då bad han mig följa med ambassadören hem till sin mor."

Hagen-fallet, Magnus Braaten och Kenneth Fossheim:

"Hagen säger att han gör den här intervjun två år efter hans frus försvinnande..."

"Han konfronteras även med innehållet i hans egna anteckningsböcker..."

Benvittring, Johan Theorin:

"Gerolf hade ramat in ett tiotal, från motorförarbevis till köpekontrakten för hans tre skutor."

"Pontus sprang fortare än honom, men åt fel håll."

I denna stilla natt, Mari Jungstedt:

"Hon lät fingertopparna glida i cirklar under tröjan, ner mot skötet för att vända och fortsätta uppåt, kring naveln och vidare upp till hennes ömmande bröstvårtor."

"Fyndet av bruksanvisningen hemma hos Tom Kingsley tillsammans med det faktum att han själv bestämt nekat till att ha haft något närmare umgänge med Fanny gjorde att åklagaren beslutade att anhålla honom i sin frånvaro."

"Hon försökte orientera sig i rummet så gott det gick från hennes fastlåsta position."

Nattsångaren, Johanna Mo

"Förvånad insåg han att Hanna Duncker var längre än honom, och han var en och åttiotre."

"Nej, hon var värre än henne."

"Det var som om han velat flytta fokus från honom själv till henne."

"Egentligen hade Erik velat ha fler barn, men Supriya var fyra år äldre än honom..."

"Det var fullkomligt obegripligt hur hon hade kunnat fastna för någon som honom."

"Men så hade hon ju mer information än dem."

"Kanske för att de är mest som honom."

"Hanna hade träffat många som honom i förhörsrummen i Stockholm."

"Att enligt den bodde hon bättre än honom."

"Hanna messade till Ove och frågade om hon kunde få se utredningen om hennes pappa."

"Tempot var snabbare än det borde, med tanke på att hon inte såg vart hon satte fötterna."

Dödsbädden, Katarina Wennstam

"Tyckte folk att det var okej att han uppenbarligen låg med tjejer som knappt var hälften så gamla som honom?"

"Eddie ringde först till Tara, hans förstfödda."

"Hon var femton år, men såg betydligt yngre ut, yngre än honom till och med."

"… och hon berättar om utvecklingen kring hennes och Alexandras planerade reportage… "

"Eller ville du att jag skulle lägga henne i sin säng?"

"Charlotta ser att det är en bild på Harald Dreyer i sin glans dagar."

Susanne Nilsson

Vi fick en vit jul i alla fall. Det gäller att fånga det underbara på bild. Om något årtionde kommer det istället att vara grått och mörkt med regn och lersörja. Det är det som de som flyger kommer ge till sina barn. Schyssta föräldrar, eller hur? Om folk fortsätter flyga så kanske vi lyckas värma upp jorden lite fortare. Tänk att det för de flesta är helt ok att offra sina barns framtid på charterflygets altare. Vi är nog den mest enfaldiga generation som trampat på denna jord.

Sixten Nyström

Att den globala temperaturen sakta stiger tycks vi inte reagera på förrän det är för sent. Men är det för sent? Ja, mycket tyder på det. Många tecken hopar sig. Extrema väder som drivs av uppvärmningen av luft och hav. Antingen för mycket regn eller för lite. Orkaner. Översvämningar. Bränder. Risk för icke-linjära förlopp när jordens reglerande system kollapsar: istäckena, permafrosten, havens förmåga att buffra koldioxid. Forskarna säger att vi har 10–12 år på oss att få ner utsläppen om det inte ska bli katastrof. Men katastrofen har redan börjat. Den ökade koldioxidhalten i atmosfären finns redan. Även om vi minskar påfyllningen.

Maria Andersson

Sommaren 2022 var den varmaste i Europa någonsin och 2022 var det näst varmaste året för Europa någonsin. Det går inte en dag i mitt liv utan att jag tänker på min dotters framtid. Hur ser världen ut när hon är 30? Kommer hon känna hopp kring att bilda en egen familj, kommer jag någonsin att bli mormor? Vi vuxna måste ta ansvar nu, reagera, reflektera; vilken värld lämnar vi till nästa generation? Vad kan vi göra?

Nyårslöften 2023:

Att aldrig mer flyga.

Cykla, gå eller åka kollektivt, undvika bensindrivna bilar så mycket det går.

Äta mer vegansk mat, äta mer växtbaserat.

Minska mitt matsvinn.

Handla secondhand, undvika nyproducerat.

Höjdpunkter 2023:

Organisation Rebellmammor i Sverige som jag nu gått med i. Att möta andra mammor som känner samma oro som jag, att slippa vara ensam i det här. Tack alla fina rebellmammor och allierade för att ni finns. 2023 är här, nu kör vi!

Marianne Carlsson

Så damp elräkningen ner: 4 800 kr. Känns inte orimligt för uppvärmning mm till en hel villa. Men vi har i och för sig bara 17 grader och långkalsonger inomhus, inga enorma tv-skärmar eller en massa elektriska prylar som drar el. Så har vi haft det på vintern i många år. Är emot att man slösar bara för att man kan. Fast visst börjar man längta efter vår och lite värme. Nu ska det bli el-stöd och de som slösar mest ska få mest tillbaka. Så otroligt korkat och fel! Hur ska folk lära sig att vi faktiskt behöver spara på el och andra resurser? Vissa kan säkert behöva stöd, men ge det i så fall till folk som behöver det (baserat på inkomst?), inte till kapitalister med golvvärme, tusen prylar och uppvärmd pool! Har regeringen hutlöst mycket pengar att dela ut så lägg pengarna på vård och skola där det verkligen behövs och kanske billigare kommunaltrafik.

FRIDA

Jag jobbar för mycket, och det gör Mats också. Vi är alldeles för upptagna av våra arbeten, och det går ut över Maja. Jag är så rädd att vi försummar henne. Visserligen är hon i den åldern då kompisarna är viktigare än föräldrarna, men jag får ändå dåligt samvete när jag tänker på hur trött och otillgänglig jag ofta är när jag kommer hem om kvällarna. Själv säger hon att hon inte alls känner sig försummad och att hon tycker att det är bra att Mats och jag gillar våra jobb, så antagligen är det bara för min egen skull jag önskar att jag kunde tillbringa mer tid tillsammans med henne. Jag älskar henne och tänker ofta på hur hennes liv ska bli. Hur ser världen ut om tio, tjugo år? Har vi lyckats vända utvecklingen då, eller är vi bortom all räddning?

Att gå omkring och hoppas att vi ska lyckas och samtidigt hela tiden få information som tyder på motsatsen är bara plågsamt och nedbrytande. Att hoppas är att göra sig utsatt, sårbar och beroende. Att hoppas är att ständigt riskera att bli besviken. När jag slutade hoppas på Fabian insåg jag vilket fängelse hoppet hade varit.

Varför hoppas vi? I vissa fall för att slippa erkänna sanningen. Varför vill vi slippa erkänna sanningen? För att den kan vara smärtsam. Men blundar man för den tappar man bort sig själv och blir ett maktlöst offer. Att ge upp allt hopp ger däremot sinnesro och frihet.

Självklart kommer vi inte att lyckas. Förutsättningen för att vi ska kunna vända utvecklingen tillräckligt snabbt är att hela världen kan enas, och den förutsättningen finns inte. Vi är för dumma. Och att vi är så dumma måste bero på att det är inbyggt i oss för att det är meningen att vi ska förgöra oss själva. Det finns ingen annan förklaring. Vi är predestinerade att gå under.

På jobbet prioriterar vi andra fall än mordet på Linnea just nu. Anton får sitta där han sitter så länge. Före häktningsförhandlingen arbetade vi under en viss tidspress, eftersom vi behövde få fram information som styrkte misstankegraden på sannolika skäl. Efter häktningen har utredningen gått in i ett lugnare skede och vi har kunnat arbeta mer på detaljnivå för att eventuellt få fram ett erkännande. Samtidigt befinner vi oss i ett vänteläge. Det handlar framför allt om att den tekniska och den rättsmedicinska undersökningen behöver inväntas. Slutgiltiga resultat kan komma att dröja veckor eller månader.

FRIDA

Övervakningsfilmen från åkeriet har dykt upp. Min pensionerade kollega hade tydligen av misstag fått den med sig hem. När han nu fick veta att vi har en misstänkt i fallet, letade han igenom några gamla kartonger och hittade filmen och lämnade in den till oss. Och det är mycket riktigt som han skrev i sin tjänsteanteckning att filmens kvalité är bättre än stillbildernas. I sekvensen klockan 23.48 kan man vid en noggrann granskning se delar av registreringsnumret på bilen som vi tror är Antons, och det som syns stämmer med numret på hans Toyota. Varför kollegan missade det från början förklarade han med att han troligtvis var för snabb med att ta fram stillbilder på bilarna eftersom han upplevde det som jobbigt att sitta och titta på rörliga bilder och att han sen litade på det man kunde se på stillbilderna trots att han var medveten om att deras kvalité var sämre än filmens. Men gjort är gjort, och nu har vi den i alla fall, vilket ger oss anledning att hålla ett nytt förhör med Anton.

FÖRHÖR

AB: Även om det är min bil som syns på filmen utanför åkeriet så bevisar inte det att jag åkte till stugan och träffade Linnea.

FL: Berätta vad du gjorde istället då.

AB: Det stämmer att jag åkte dit, men jag träffade henne inte.

FL: Du var där redan före tolv, men gick inte upp till stugan förrän strax före ett. Vad gjorde du under den timmen då?

AB: Jag satt i bilen och funderade.

FL: Och vad funderade du på?

AB: Om jag skulle hämta henne i förtid eller inte. Men jag förstod att hon inte skulle bli så glad åt det, så jag bestämde mig för att vänta.

FL: Vad var det som gjorde att du begav dig dit i förtid då?

AB: Att jag var orolig för henne och ville att hon skulle komma hem.

FL: Och varför har du inte berättat detta tidigare?

AB: Att jag skämdes för att jag inte kunde ge mig till tåls.

FL: Du skämdes?

AB: Ja, det stämmer inte riktigt med min självbild att inte kunna ta det lugnt och avvakta.

FL: Du satt i bilen, säger du. Var var det nånstans då?

AB: Jag vet inte exakt.

FL: Du körde förbi stugan och fortsatte söderut?

AB: Ja, precis. Men sen vände jag och körde tillbaka.

FL: Och sen?

AB: Jag körde förbi stugan och hittade ett annat ställe att vänta på tills det var dags att hämta henne.

FL: Så var det inte, Anton, och det vet både du och jag. Du var där redan före klockan tolv. Linnea såg din bil komma och gick ut för att prata med dig. Du träffade henne på parkeringen, nånting hände så att hon blev skadad och dog, och istället för att ringa efter hjälp bestämde du dig för att forsla bort och gömma hennes kropp.

AB: Nej, så var det inte.

FL: Hon var skadad och behövde hjälp. Du hade ingen telefon, men du kunde ha gått upp till stugan där du visste att Petra och Johanna befann sig och bett om hjälp. Istället körde du iväg och gömde hennes kropp. Sen åkte du tillbaka till stugan, väckte Petra och Johanna och låtsades som ingenting. Varför, Anton, om du inte hade skadat och dödat henne?

AB: Jag var inte där. Jag träffade henne inte. Jag kom inte dit förrän hon redan var borta.

Känslan av att vara nästan framme och vara övertygad om vem den skyldige är men inte kunna leda det i bevis är frustrerande. Hur ska vi få honom att berätta hela sanningen och erkänna det han har gjort? Hur ska vi lyckas knäcka honom? Med tanke på hans personlighet och uppblåsta ego tvivlar jag på att det kommer att gå.

Och det är ju inte bara Linneas försvinnande vi jobbar med. Den generella arbetsbelastningen är konstant hög. Men jag får vara glad att jag inte är kvar i Stockholm längre. Där har det varit en våg av gängrelaterade skjutningar och sprängningar den senaste månaden. Nästan ett våldsdåd per dag. Jag avundas inte kollegerna som jobbar med det. Och jag är glad att utredningen jag arbetade med när jag tjänstgjorde i Stockholm slutade som den gjorde och att jag inte gick vidare med det jag fick kännedom om efteråt.

FACEBOOK

Kenneth Wengelin
Kriget i Ukraina fortsätter med oförminskad styrka. Här hemma ska vi få el-stöd, börja äta insekter och titta på Mello. Jag trodde att vuxna människor hade slutat med det. Varför utsätter dom sig för skiten? Det är ju skräp på alla plan. Låtarna är usla, programledarna bräker på skånska och flamsar som fjortisar, det är karaoke, dansare, epilepsianfallframkallande ljuseffekter, pyro, konstiga frisyrer, svindyra kläder och dåliga skämt – med andra ord ett totalt smaklöst jippo som ska få tondöva lättlurade högstadieelever att rösta fram "bästa låt". Jag vet inte om jag ska skratta eller gråta.

Ivar Ekström
Men tittar gör du i alla fall, eftersom du vet hur det är?

Camilla Ståhlberg
Det finns viktigare saker att bekymra sig om. Till exempel detta:
SR: "Sverige har kastat 8,5 miljoner doser covidvaccin. Enligt Folkhälsomyndigheten statistik rör det sig om 8,5 miljoner doser covidvaccin vilket är nästan en femtedel av allt covidvaccin som hittills köpts in.
Den tidigare nationella vaccinsamordnaren, Richard Bergström, uppskattar att de slängda vaccinen ska ha kostat 1,5 miljarder kronor. Han menar att den största anledningen är de människor som avstått från vaccin.
"Den stora volymen är faktiskt de doser människor inte velat ta, alltså dos tre, fyra eller fem. De var redan inköpta och nu måste de förstöras", säger han till SR."

Ivar Ekström

Anledningen är ju för f-n att dom köpte in för mycket och inte räknade med att folk inte skulle låta sig luras hur länge som helst. Läs Kennedys bok om Anthony Fauci.

Ylva Borén

Från Socialstyrelsen, FHM och officiell corona-statistik kan vi i januari 2023 konstatera följande:

2 690 000 har testats positivt.

22 645 person har avlidit.

5–10 % av de avlidna är direkt kopplade till covid. Låt oss i vårt exempel använda 10 %. Det innebär att 2 265 personer har avlidit till direkt följd av covid-19.

Den officiella statistiken och erfarenheten innebär att Sverige har en överlevnadsgrad på 99,92% vid en covid-19 infektion! Och detta är alltså en överskattad siffra eftersom basen (antal personer testade för covid-19 är för låg).

Låt oss också titta på vad vi officiellt vet om vaccinationerna. Här rapporterar Läkemedelsverket totalt över 95 000 fall av biverkningar. 12 424 av dessa fall är klassade som "allvarliga" – vi har med andra ord 5 gånger fler allvarliga skador av vaccinet än direkt avlidna i covid-19. En bråkdel av alla som drabbas av biverkningar rapporterar in det. Så mörkertalet är med andra ord enormt.

Vår officiella statistik visar alltså att vi har en sjukdom med väldigt liten dödlighet (mindre än 0,08 %), och ett vaccin med stora biverkningar. Vän av ordning frågar sig då: Varför planerar FHM en rekommendation om fortsatta vaccinationer?

FRIDA

Vi har ett vittne som såg Antons bil på vägen mellan Johannas stuga och torpet cirka tjugo över tolv på natten då Linnea försvann. Att han inte har hört av sig förrän nu beror på att han inte kopplade ihop det han såg med Linneas försvinnande förrän han fick höra att det är i det området hennes kropp har hittats.

– Jag var på väg norrut och passerade en bil som stod stilla vid vägkanten med motorn igång. Det var en mörkfärgad Toyota. Dörren till baksätet var öppen ut mot diket och en man stod framåtböjd med överkroppen inne i bilen och grejade med nånting på sätet. Bilens registreringsnummer hade samma bokstäver som jag har på min, så jag är helt säker.

Att han själv var ute och körde mitt i natten berodde på att han hade varit på besök hos sin bror som fyllde år, så att det är rätt datum finns det ingen tvekan om.

FÖRHÖR

FL: Vi skulle behöva klargöra några saker angående dina rörelser runt stugan natten då Linnea försvann. Hur mycket var klockan när du körde förbi stugan första gången?

AB: Jag vet inte exakt. Före tolv nån gång.

FL: Okej. Du kör alltså förbi stugan i sydlig riktning.

AB: Ja, och sen fortsätter jag några kilometer, innan jag vänder och stannar.

FL: Du vänder och stannar.

AB: Ja, vid vägkanten. Och så sitter jag där och väntar ett tag.

FL: Hur länge sitter du där?

AB: En kvart kanske.

FL: Vad gör du under tiden?

AB: Lyssnar på musik.

FL: Stiger du ur bilen?

AB: Nej, det gör jag inte.

FL: Du sitter kvar i bilen hela tiden och lyssnar på musik.

AB: Ja, men sen blev jag otålig och körde tillbaka. När jag kom fram till stugan igen var det fortfarande för tidigt att gå in, så jag körde vidare och fortsatte tills jag hittade ett lämpligt ställe att vända och stanna på.

FL: Du körde vidare i nordlig riktning och stannade inte förrän du hittade ett ställe att vända på.

AB: Precis.

FL: Hur mycket var klockan då?

AB: Det vet jag inte.

FL: Vad fördrev du tiden med vid det tillfället då?

AB: Jag sov. Jag somnade och sov ett tag. Sen åkte jag tillbaka och gick upp till stugan och knackade på.

FL: Hur länge sov du, tror du?

AB: En halvtimme kanske.

FL: Okej.

FRIDA

Han tror att han är så jävla smart. Allt det där åkandet och vändandet och väntandet har han noga tänkt ut för att tiderna ska stämma med övervakningsfilmen. Men vem tror på honom? Inte jag i alla fall, och ingen annan i gruppen heller. "Jag körde vidare och fortsatte tills jag hittade ett lämpligt ställe att vända och stanna på." Han menar att han inte stannade förrän han hade vänt bilen så att den stod med fronten mot söder. I själva verket stannade han inte alls på vägen tillbaka till stugan efter att ha gjort sig av med Linneas kropp. När vittnet såg hans bil stå stilla vid vägkanten var den vänd mot norr, när han var på väg bort från stugan med Linnea liggande i baksätet. Han passerade åkeriet klockan 00.12 och blev iakttagen av vittnet cirka fem minuter senare när han hade stannat vid vägkanten och stod lutad in över baksätet där Linnea låg.

Han ljuger alltså. Eftersom han inte kände till att hans bil blev observerad runt klockan 00.20 kunde han inte anpassa sin berättelse efter det, och det avslöjar honom. Vi har konfronterat honom med uppgiften, och nu har han meddelat via sin advokat att han vill förhöras igen. Han ska "lägga alla korten på bordet", som han har uttryckt det. Han har ändrat sin berättelse flera gånger, men nu vill han lämna en version som han är beredd att ta med sig till tingsrättsförhandlingen.

Varje kväll, om det inte är för sent eller jag har annat för mig, läser jag en stund innan jag ska sova. Det är avkopplande och gör mig sömnig. Men som språkpolis har jag fullt sjå. I nästan alla böcker stöter jag på brott mot grammatikreglerna. Det vanligaste gäller possessiva pronomen, det vill säga *min, din, hans, hennes, dess, sin, vår, er.* I *Svensk språklära* läser jag:

"Possessiva pronomen betecknar ägaren. *Sin* är liksom *sig* reflexivt. Det betecknar att subjektet i satsen är ägare. Ex. Nils har tappat *sin* bok. Jfr. Nils har tappat *hans* (= en annans) bok. Nils är längre än *sin* far. – Nils är längre än *hans* (= en annans) far."

När vi pratar är det väl inte så noga med orden alla gånger, men i tryckta böcker tycker jag faktiskt att språkreglerna ska följas. Författarens text granskas och rättas ju av en lektör och korrekturläsare också, så varför blir det inte rätt? Det spelar ingen roll hur erfaren författaren är, eller vilket förlag boken är utgiven på; det är lika illa över lag.

FRIDAS FRUSTRATION

Daisy i kedjor, Sharon Bolton

"Maggie Rose, som har på sig en yllekappa i samma färg som hennes namn…"

"Hon vänder sig mot kvinnan på hennes vänstra sida."

"Zoe fångades av tre separata kameror den kvällen och vi kan därför anta att hon lämnade puben någon gång mellan elva och tjugo över elva, lite före hennes vänner."

"Hon är medveten om det kolossala trycket av klippan ovanför henne."

Moratorium, Monica Rehn

"Nu gav fotografiet intryck av att Louise tillhörde samma krets som honom…"

"Hon var nog lite äldre än honom och hade alltid snofsiga kläder."

"Han fixerade blicken på kvinnan framför honom."

Crimson Lake, Candice Fox

"Du är mycket bättre än honom, Jake."

"Hon visade på en sida i boken framför henne samtidigt som

hon sökte på nätet med den andra handen."

"Ted, jag har träffat folk som honom förut."

"Det skulle inte kunna vara så att hon råkade höra hennes föräldrar prata om mig med polisen…"

"Hennes storasyster struntade i henne, satt med blicken fäst vid vägen framför henne…"

Lycke, Mikaela Bley

"I bakgrunden hörde hon tunnelbanan stanna på perrongen."

"Helena riktade blicken mot skärmen närmast henne."

"Hennes mamma Helena Engström är här idag för att berätta om dessa hemska dygn och sökandet efter sin dotter."

"Tunnelbanan dundrade över Tranebergsbron."

"De drack sitt kaffe och hörde ljudet från bromsarna när tunnelbanan stannade på perrongen nedanför huset."

FÖRHÖR

FL: Ja, då är vi klara att börja, Anton. Du har nånting som du vill berätta för oss?

AB: Ja, om jag inte berättar hur det verkligen gick till så kommer alla att tro att jag mördade henne och blev friad enbart i brist på bevis. Jag skulle aldrig slippa ifrån mordmisstankarna och ha en stämpel på mig för alltid.

FL: Okej. Och nu är det Linneas död du vill prata om?

AB: Ja. Jag ångrar att jag gömde hennes kropp. Jag skulle ha fortsatt till sjukhuset trots att jag visste att hon var död. Jag skulle ha berättat sanningen från början.

FL: Mm.

AB: Det gick till som du har målat upp det, Robert. Men det som hände var en olycka och inget som jag hade aktiv del i.

FL: Berätta vad som hände.

AB: När jag hade svängt in på parkeringen satt jag kvar i bilen en stund. Jag såg att inga lampor lyste uppe i stugan och tänkte att Linnea kanske hade ändrat sig i alla fall och att alla låg och sov och att jag inte skulle komma och störa. Men vi hade ju bestämt att jag skulle hämta henne, och hon kanske väntade utanför, tänkte jag och gjorde mig beredd att stiga ur bilen. Precis nedanför slänten fanns det ett meterhögt räcke gjort av grova, runda järnrör, och min bil stod placerad så att ljuset från strålkastarna föll på det och på en del av slänten. Och plötsligt såg jag Linnea komma vinglande uppifrån. Jag märkte på hennes sätt att röra sig att hon var berusad, och när hon var nästan framme vid räcket snubblade eller halkade hon och föll framåt mot räcket. Jag såg inte var det träffade henne, men hon hade inga skador i ansiktet, så troligtvis var det halsen eller bröstkorgen som fick ta emot stöten. Hon föll bara ihop, och jag rusade ut ur bilen för att se hur det hade gått. Hon vred lite på sig och stönade, men hon svarade inte på tilltal, och jag förstod att hon var allvarligt skadad och behövde komma under vård. Min första tanke i det läget var att ringa efter en ambulans, men jag hade ingen mobil med mig, och det hade inte hon heller, och sen tänkte jag att det i alla fall skulle gå fortare om jag körde henne till sjukhuset själv, så jag lyfte upp henne och fick in henne i bilen. När jag hade lagt henne i baksätet andades hon, men hon var inte kontaktbar, och hennes hjärta slog väldigt långsamt, tyckte jag. När jag hade kört en stund blev jag orolig och stannade vid vägkanten för att kontrollera hur det var med henne. Hon var fortfarande avsvimmad och svarade inte på tilltal, och när jag kände på hennes hjärta upptäckte jag att det inte slog längre. Hon var bortom räddning, och när jag insåg det hamnade jag i ett chocktillstånd och började gå på autopilot. Jag slog igen bakdörren, satte mig bakom ratten igen och körde vidare. Från början var jag helt inställd på att skaffa hjälp, men så bara dog hon, och allt hamnade i ett nytt läge. Jag kan inte förklara varför jag gjorde som jag gjorde. För att slippa allt trassel kanske. För att slippa bli inblandad och misstänkt för att ha dödat henne. Och hon var ju död och skulle inte vakna till liv vad jag än gjorde. Jag valde den lättaste vägen, som jag såg det just då i alla fall, och det ångrar jag nu. Men när jag insåg att hon var död greps jag av panik. Min instinkt sa mig att jag inte skulle ha en död kropp i min bil och att jag fortast möjligt måste göra mig av med den. Det var inte längre Linnea som låg där, utan bara en otymplig börda som jag måste göra mig av med. Det var så jag upplevde det.

FL: Och från stugan körde du mot norr?

AB: Ja, precis. Mot stan och sjukhuset.

FL: Och på vägen dit stannade du och upptäckte att Linnea var död?

AB: Mm.

FL: Hur länge dröjde det innan du stannade?

AB: Jag vet inte. Fem minuter kanske.

FL: Vad var det som fick dig att stanna?

AB: Att jag inte hörde några ljud från henne. Att jag blev orolig och ville kontrollera hur det var med henne.

FL: Och när du upptäckte att hon var död bestämde du dig för att göra dig av med hennes kropp?

AB: Mm.

FL: Du är medveten om att döljandet av kroppen kan ses som ett försök att undgå misstankar om delaktighet i dödsfallet?

AB: Ja, men det var inte det jag tänkte på då.

FL: En oskyldig person ringer 112 för att skaffa hjälp. En mördare försöker göra sig av med kropp och bevis.

AB: Ja, men så var det inte i mitt fall.

FL: Berätta om brunnen.

AB: Jag hade ingen som helst koppling till området utom att jag skjutsade Linnea till Johannas stuga en gång, och den gången passerade vi en vägskylt vid en mindre väg, och namnet på den skylten väckte ett minne hos mig. En gång i åttan eller nian hade vi orientering i skogen däromkring, och då råkade jag och en kompis hitta en djup brunn vid ett övergivet torp, och det berättade jag för Linnea. Då tyckte hon att vi skulle köra in på den där vägen för att se om torpet fanns kvar. Det visade sig att stugan var riven så att bara grunden återstod, men brunnen fanns där fortfarande, med ett tjockt cementlock som vi lyckades baxa åt sidan så att vi kunde kika ner. Brunnen var så djup att vi inte kunde se ner till botten, men när vi slängde ner en sten hörde vi ett plums.

FL: Så där bestämde du dig för att gömma Linneas kropp.

AB: Precis. Det var tur att jag hade lämnat mobilen kvar hemma så att den inte skulle gå att spåra och visa var jag hade varit. Det hade jag klart för mig redan från början. Så fort tanken att jag skulle gömma undan Linneas kropp dök upp i mitt huvud insåg jag att jag var skyddad. Inga mobiltele-

foner, ingen GPS, inga vittnen, inga övervakningskameror...
Trodde jag just då i alla fall. Men det fanns ju annat jag be-
hövde tänka på.

FL: Som vad?

AB: Som att jag måste åka tillbaka och kontrollera att Jo-
hanna och Petra sov och inte hade sett eller hört mig och min
bil första gången jag var där. Det var därför jag hittade på att
Linnea och jag hade kommit överens om att jag skulle hämta
henne. Som en förklaring till varför jag dök upp där mitt i
natten, alltså.

FL: Men varför åkte du över huvud taget dit, om ni inte hade
bestämt att du skulle hämta henne?

AB: För att jag var orolig för henne och ville kontrollera att
hon var okej.

FL: Du ville ha kontroll.

AB: Ja, utifall hon inte hade det själv. Med tanke på att hon
hade druckit, menar jag.

FL: Ja, okej. Fortsätt där du var.

AB: Nu har jag tyvärr tappat tråden.

FL: Efter att ha dumpat hennes kropp i brunnen åkte du till-
baka till stugan.

AB: Ja, och när jag kom dit och knackade på och förstod att Petra och Johanna och hade sovit hela tiden och inte visste att jag hade varit där tidigare, blev jag lugn. Då visste jag exakt hur jag skulle bete mig, och då visste jag att det skulle gå vägen.

FL: Vad skulle gå vägen?

AB: Att jag skulle lyckas dölja det jag hade gjort.

FL: Och vad hade du gjort?

AB: Det jag nyss har berättat. Att jag åkte till brunnen. Men nu vet jag inte om jag ...

FL: Du ska få berätta i detalj vad du gjorde vid brunnen, men det kan vi vänta med så länge.

AB: Tack.

FL: Vilka kläder hade Linnea på sig när hon låg i bilen?

AB: Jacka och strumpbyxor, tror jag. Och kängor.

FL: Blev kläderna smutsiga när hon föll omkull på marken?

AB: Nej, inte speciellt. I slänten där hon ramlade var det mest mossa och barr.

FL: Blev det skräpigt i baksätet efter hennes kropp?

AB: Nej, jag placerade henne på en filt, och den tog jag bort senare.

FL: Vad gjorde du med filten efteråt?

AB: Jag skakade av den och vek ihop den och la den i bagageutrymmet.

FL: Och då hittade du Linneas armband?

AB: Nej, det gjorde jag inte.

FL: Hur förklarar du det?

AB: Det kan jag inte.

FRIDA

Ja, då har han alltså anpassat sin berättelse efter det vi vet och kan bevisa ytterligare en gång. Det mesta stämmer och är säkert sant, men det är inte *hela* sanningen. Han erkänner inte ett uns mer än vi kan bevisa. Inte ens att han hittade Linneas armband medger han. Det har ju ingen betydelse längre eftersom han har erkänt att hon låg i baksätet på hans bil, men det spelar tydligen ingen roll för honom om det han förnekar är viktigt eller inte, bara han kategoriskt får hålla fast vid sina lögner så länge det går.

På SVT Nyheter läser jag:

"Det var i samband med tisdagens omhäktning, som den 39-åriga mannen för första gången medgav inblandning i 37-åriga Linnea Almkvists död.

39-åringen nekar fortfarande till mord, men erkänner gravfridsbrott och att Linnea dog i hans bil.

– Att målsäganden dog var en tragisk olyckshändelse och min klient har nu i polisförhör berättat vad som hände. Han har berättat att det var olyckliga omständigheter som gjorde att målsäganden dog, säger mannens advokat Beata Swärd.

– Han har varit väldigt ledsen och mått mycket dåligt i häktet, det är det som gjort att han inte har berättat detta tidigare, tillägger hon."

Nu erkänner han alltså gravfridsbrott.

Lagen om gravfridsbrott, eller brott mot griftefriden som det hette tidigare, har ändrats. Nu finns också rubriceringen grovt gravfridsbrott som ska användas i allvarligare fall. Det kan ge längre straff och ska bland annat kunna användas om en gärningsperson försöker dölja ett mord genom sin hantering av kroppen. Det kan handla om att en kropp har tillfogats en svår skada genom att till exempel ha bränts eller stympats eller att den har gömts, så att utredningen av dödsfallet försvåras. Straffet för grovt gravfridsbrott är fängelse i lägst sex månader och högst fyra år.

Det finns flera exempel på fall där gärningspersonen bara har dömts för brott mot griftefriden och friats från mord därför att det inte har gått att fastställa hur offret har dött. Jag minns ett fall där kroppen var i mycket dåligt skick när den hittades och det aldrig gick att fastställa dödsorsaken. Däremot stod det klart att den misstänkte mannen hade flyttat och gömt kvinnans kropp för att försvåra brottsutredningen och förhoppningsvis komma undan med brottet, men det räckte inte för att få honom fälld för mord. Erfarenheten säger att den som har intresse av att hantera en död kropp också är inblandad i den personens död, men för en fällande dom måste det finnas konkreta bevis.

Om Anton åtalas för mord, alternativt dråp, alternativt vållande till annans död och gravfridsbrott blir han kanske bara dömd för det sistnämnda, eftersom utredningen inte har kunnat fastställa hur Linnea dog. Och i hans fall gäller då den tidigare straffsatsen, som är max två års fängelse, eftersom det var den som gällde när hon försvann.

Han hävdar att det var en olyckshändelse som han varken kunde förutse eller förhindra. Ska han alltså komma undan straffansvar för mord och bara dömas för brott mot griftefriden och få högst två års fängelse?

Eller ska han ursäktas med att han ställdes inför en plötsligt uppkommen situation som han inte kunde hantera och bara dömas för att ha orsakat Linneas död genom under-

låtenhet, eftersom han inte såg till att hon kom under läkar-
vård?

Om vi inte hade hittat Linneas kropp och kunnat binda
Anton till brunnen skulle han aldrig ha erkänt gravfrids-
brott. Det är jag helt övertygad om. Och kan vi inte bevisa att
det var han som dödade henne, kommer han aldrig att er-
känna det.

Jag tror inte alls att han åkte till stugan för att han var oro-
lig för Linnea. Jag tror att han drevs av sitt kontrollbehov och
åkte dit för att ta reda på vad hon hade för sig.

Vi vet att han kom dit cirka 23.50 och att han körde däri-
från tjugo minuter senare med Linnea liggande i baksätet.
Men så lång tid kan scenariot som han själv har målat upp
inte ha tagit. Så vad hände mer under dessa tjugo minuter
innan Linnea föll omkull och han lyfte in henne i bilen och
körde iväg?

Jag tror att han steg ur bilen och började prata med henne.
Jag tror att han försökte övertala henne att följa med honom
hem, och jag tror att hon vägrade och talade om för honom
att hon ville att det skulle vara slut. En diskussion uppstod,
och han blev arg och knuffade till henne så att hon föll mot
räcket, alternativt att han grep tag om hennes nacke och
tryckte ner henne mot räcket så att det träffade strupen och
orsakade dödliga skador. Det är för att han vet var hon blev
skadad och av vad, som han nämner räcket så att skadorna
ska stämma med det obduktionen eventuellt kommer att
visa.

Han dödade henne. Hade hon skadat sig utan hans med-
verkan och dog i hans bil skulle han ha fortsatt till sjukhuset
och berättat för sjukvårdspersonalen att hon hade råkat ut för
en olycka. Han skulle ha tagit för givet att ingen skulle ifrå-

gasätta det och inte ha haft en tanke på att han kunde bli misstänkt för att ha skadat henne. Han är en person som är van att handla genomtänkt och rationellt, och det skulle han ha gjort i det läget också. Hade han däremot dödat henne skulle hans sinnestillstånd troligtvis ha varit ett annat. Det var på grund av att han hade dödat henne som han frångick sitt vanliga beteendemönster och bestämde sig för att göra sig av med hennes kropp. Det är enkel psykologi. Men det hjälper inte. En psykologisk tolkning har inget bevisvärde.

FRIDA

Obduktionsutlåtandet dröjer. Jag minns ett fall med en död kvinna och en mordmisstänkt man där domstolen framhöll att den främsta bristen var att ingen dödsorsak hade kunnat fastställas. Det var alltså inte möjligt att utesluta en naturlig dödsorsak eller att kvinnan hade tagit livet av sig. Domstolen konstaterade att den misstänkte mannen uppenbarligen visste betydligt mer om omständigheterna kring kvinnans död än han velat berätta men att det inte var ställt bortom rimligt tvivel att han uppsåtligen eller av oaktsamhet hade orsakat hennes död. Oklarheter beträffande hur offret har avlidit kan alltså innebära att det inte ens går att dra slutsatsen att ett brott har begåtts.

Vi behöver ett erkännande.

Vad vet jag om erkännanden?

Ett: Ett erkännande behöver inte vara hundraprocentigt. Det kan också gälla bara vissa delar. Ett erkännande eller ett förnekande kan också vara helt eller delvis felaktigt.

Ja, det är ju så Anton har valt att göra. Han erkänner den mindre allvarliga delen av brottet och förnekar den grova delen.

Två: Ett erkännande kan lockas fram genom en vädjan om att ge brottsoffer och anhöriga upprättelse.

Ja, han borde ge Linnea upprättelse. Mycket av det han har påstått om henne är inte sant. Att hon var deprimerad och självmordsbenägen. Att hon var egoistisk, självupptagen och missunnsam. Att hon inte tog hänsyn till honom och behandlade honom illa. Men att vädja till honom att erkänna för att ge Linnea upprättelse och skipa rättvisa eller för att göra det lite lättare för hennes anhöriga är dömt att misslyckas med tanke på det vi vet om hans karaktär.

Tre: Personer misstänkta för våldsbrott är mindre benägna att erkänna än personer misstänkta för brott utan våldsamma inslag.

Ja, det är ju ganska självklart. Bara drygt trettio procent erkänner ett grovt våldsbrott mot knappt sextio procent för övriga. Anton tillhör med all säkerhet den stora gruppen som inte erkänner mer än han absolut måste.

Fyra. Ett överväldigande bevisläge är den enskilt starkaste faktorn när en skyldig misstänkt bestämmer sig för att erkänna sitt brott.

Att Anton har ändrat sin berättelse flera gånger och anpassat den efter vad vi har kunnat bevisa sänker hans allmänna trovärdighet men är inget bevis i sig. Han ljög om att Linnea hade bett honom komma och hämta henne vid stugan på natten, han ljög om orsaken till att han åkte dit, han ljög om vilken tid han kom fram första gången, han ljög om att det är hans bil man ser på övervakningsfilmen före midnatt, han ljög om att han inte träffade Linnea på parkeringen, han ljög om att deras förhållande var bra, han ljög om att Linnea var deprimerad och funderade på självmord, han ljög om hur han behandlade Jessica Rönnlund, han ljög om att han inte kände till brunnen vid torpet, han ljög om att han hade gömt Linneas kropp... Så varför skulle han inte ljuga om hur det gick till när hon dog?

Fem: En human förhörsstil ger fler erkännanden, i motsats till en dominant stil som resulterar i fler förnekanden.

Det spelar ingen roll vilken förhörsstil vi använder i Antons fall. Han tror att han är smartare än vi och erkänner inte mer än vi kan bevisa oavsett hur han blir bemött.

Sex: Skuldkänslor utgör en inre press, och skyldiga som

har skuldkänslor erkänner i högre utsträckning än övriga.

Anton har inga skuldkänslor. Han har intalat sig själv att Linneas död var en olyckshändelse och upplever sig själv som oskyldig. Han har inte visat minsta tecken på ånger eller skuld.

Sju: En del misstänkta föredrar en omedelbar lättnad genom ett erkännande, även om det innebär allvarligare konsekvenser längre fram.

Så kortsiktigt tänker definitivt inte Anton, eftersom han inte tyngs av några skuldkänslor och därmed inte är i behov av att avbörda sig.

Åtta: Den som har en försvarare närvarande har visat sig erkänna i lägre utsträckning än andra.

Att få till ett förhör utan att Antons advokat är närvarande skulle kanske gå att ordna, men jag tvivlar på att det skulle ge önskat resultat.

Jag har pratat med rättsläkaren som är ansvarig för obduktionen av Linneas kropp och bad henne redogöra för vad som kan hända om man får ett hårt slag mot halsen.

IRMELIN SCHRÖDER

Halsen är ett extra utsatt område för allvarliga skador, eftersom ett skyddande skelett saknas. Bara mjukdelar som hud, muskler, senor och brosk omsluter halsens inre delar. I halsen finns det stora och viktiga blodkärl, nerver, sköldkörteln och luftstrupen. Yttre trauma mot halsområdet kan därför lätt leda till en livshotande skada. Ett slag eller tryck som träffar karotissinus, en utbuktning precis i början av inre halsartären där det sitter ett knippe nervändar, kan krossa den känsliga väggen runt halspulsådern. Blod tränger in och överstimulerar nerverna, vilket leder till sänkt puls, kärlvidgning och blodtrycksfall. Hjärtat slår allt långsammare och till slut kollapsar blodomloppet och orsakar hjärtstillestånd och plötslig död.

FRIDA

Ett ljudboksförlag har hört av sig och vill göra ljudbok av *Ägodel*. Jag fick tre röstprov mejlade till mig och kunde välja den inläsare jag helst ville ha. Det blev en skådespelerska som jag inte känner till och inte känner igen på bild heller, men hennes röst passar till att föra fram mina misshandlade kvinnors berättelser. Det kommer att bli bra. Men för Carina, som är med i boken, blev det inte bra. Ibland när Moa och jag träffas måste jag påminna mig om, för att inte råka försäga mig, att hon inte vet hela sanningen. Det var Moa som såg när Kristoffer misshandlade Carina så att hon förlorade medvetandet och aldrig vaknade upp igen. Han borde ha dömts för mordförsök, men så blev det inte. Åh, jag orkar nästan inte tänka på det. Jag är så trött på alla fega våldsverkare som med hjälp av sina lögner klarar sig undan från rättmätiga straff. Det enda som behövs är en någorlunda trovärdig version som inte går att motbevisa: "Det var inte jag som gjorde det, det var en annan kille som jag inte vet namnet på." "Det var en olycka, inte dråp eller mord." "Jag greps av panik och gömde kroppen, men jag dödade henne inte."

Så vill jag inte att Linneas fall ska sluta. Då har inte sanningen och rättvisan segrat. Anton ska straffas för allt han har gjort, även om det inte går att bevisa. Det är så jag känner, men det är inte så det kommer att bli.

Obduktionen är klar. Vi hade hoppats att den skulle visa att Linnea blev mördad, men dödsorsaken, eller vilken typ av våld som orsakade döden, har enligt obduktionsutlåtandet inte gått att fastställa. När Linneas kropp hittades, berättade Anton om järnräcket vid parkeringen för att hennes skador skulle stämma med hans berättelse och styrka den. Men det

hade han inte behövt göra. Han gick in på detaljer helt i onö-
dan, och det vet han nu. Jag undrar vad han tänker om det.
Det kan ha gått till som han påstår, att Linnea snubblade och
föll mot räcket och fick en så hård stöt mot halsen att hon
dog. Men var det en olyckshändelse skulle han inte ha fört
bort hennes kropp och gömt den. Det är det som avslöjar ho-
nom, och det är det som gör det så svårt att ge upp.

Jag har tröttnat på Facebook. Det finns ingenting för mig att
hämta där längre. Jag läser det andra skriver, gillar inlägg och
kommentarer ibland, men skriver ingenting själv. Vad är det
för mening med att hålla på så? Jag har Facebookvänner av
alla möjliga sorter, både bekanta och obekanta, både korkade
och kloka, men vad angår deras liv mig? Jag orkar inte intres-
sera mig för andras göranden och låtanden mer. Jag orkar
inte bry mig om mina klimatengagerade Facebookvänners
hoppfulla inlägg om små framsteg här och där när jag vet att
det samtidigt tas andra steg i rakt motsatt riktning. Jag orkar
inte hänga med i nyhetsflödet som bara visar hur slappt, olo-
giskt och förvirrat allting är. Jag vill inte delta i det. Men det
är så verkligheten ser ut. Det jag upptäckte under pandemin
kommer jag aldrig att kunna blunda för igen. Det som hände
då öppnade mina ögon en gång för alla. Och framtiden ser så
mörk ut. Hur ska det gå för Maja och alla andra som är barn
och unga nu?

FRIDAS FRISTAD

Man

Jag känner sorg och smärta över att de senaste två veckorna ha sett ett tiotal Facebookvänner som tycker sig ha varit värda en flygresa. Resor har gått till bland annat Centraleuropa, London, solen i Spanien och USA. Samtliga personer som jag ser och känner som både kloka och vettiga, och som alla mycket väl är medvetna om klimatkrisen och vad som måste till. Men om inte ens de orkar, kan, vill eller förstår att ta sitt ansvar, vem ska då göra det? Jag begriper inte. Är det bara att acceptera att det är kört för kommande generationer, för att vi som är här nu anser vi är värda att leva över våra och planetens tillgångar?

Kvinna

Jag tror att så länge politikerna saknar engagemang för klimatet, saknar ansvarskänsla för framtiden, låser sig vid felsatsningar av prestigeskäl, gör mindre och mindre i stället för mer och mer så kan du inte förvänta dig engagemang och ork från privatpersoner. Det är inte vi som ska rädda klimatet, det är de som har ledningen och makten. Att sluta flyga kan vara ett viktigt principiellt beslut på det personliga planet, men vad hjälper det när politiker öppnar nya flygplatser och ger motsatta signaler? Den här regeringen motarbetar ju aktivt individuella åtgärder för att bemöta klimatförändringarna. Nu är det vapen, krig och krishantering som gäller. Miljard efter miljard läggs på att förstöra planeten ännu mer. Och klockan tickar. Pengar, energi och tid läggs på att splittra istället för att förena och gemensamt rädda det vi har kvar. Av män, av kvinnor som snart nog kommer att vara döda.

Män och kvinnor som lämnar ett kaos i arv till våra efterkommande som ska ta över.

Kvinna

Ja, de som reser med flyg gör väl som våra styrande, ser till stunden och orkar inte bry sig om något som ingen tar riktigt på allvar. Inte jag, inte nu... Folk flyger på som om de inte bryr sig. Arbetsresor har återgått till nästan samma antal som före pandemin. Verkar som att den digitala mötesvärlden inte längre duger. Finns dock företag som försöker ändra folks resvanor. Vattenfall har till exempel bestämt att tågresor i första klass ska vara första val för anställda, även om det innebär nattåg för att ta sig mellan länderna. Det är ju dessutom kostnadseffektivt. En flygresa innebär en massa tid när man inte kan arbeta men som arbetsgivaren ändå måste betala för. Tåg däremot är en bra arbetsplats.

Man

Jag har skrivit det förut och jag skriver det igen – mina barnbarnsbarn kommer att få uppleva slutet på mänskligheten. Jag kommer inte att göra något för att skynda på detta faktum, tvärtom kommer jag att göra det lilla jag kan i motsatt riktning så länge jag lever. Jag försöker välja mat som inte har färdats runt halva jorden, min bil får stå så länge jag bara ska inom kommunen, jag försöker hitta kläder som tillverkats på ett bra sätt, och jag sliter ut kläderna jag har, och när de är utslitna så använder jag dem som trasor, jag återvinner allt jag kan, och jag drar ner på energiförbrukningen så mycket som möjligt. Samtidigt inser jag att det är ett faktum att vi är på väg att göra slut på vår planet.

Kvinna

Jag är i Spanien med mina barn för att låta dem hälsa på sin dödssjuka mormor en sista gång. Jag ville absolut inte flyga, men alternativet med tåg funkade helt enkelt inte. Både för att det var dyrt och omständligt och för att jag skulle förlora två hela semesterdagar på bara resan. Jag tittade på möjligheten att ta bilen, för till och med med en bensinbil skulle mina utsläpp bli mindre än med flyg, men att vara ensam chaufför på en så lång resa är inte realistiskt och absolut inte ekonomiskt försvarbart. Ibland gör goda människor dåliga val och det måste finnas utrymme för det. Ofta finns det en tanke bakom och en förklaring. Och inte heller tror jag att alla de som glatt hakar på det dåliga samvetet som vissa skänker oss är vegetarianer, äter lokalproducerat och i säsong, endast har fair trade elektronik mm. Så den där skämsgränsen ska vi vara försiktiga med att dra. Det separerar människor när vi behöver förenas istället. Jag gör så gott jag kan varje dag. Skulle jag kunna göra bättre val, så absolut. Men ges förutsättningarna för att göra bättre från samhället i stort? Nej. Internationell tågtrafik måste förenklas. Kollektivtrafik måste bli mycket, mycket billigare, typ som i Tyskland. Lokalproducerad mat måste subventioneras. Vi måste betala den verkliga kostnaden för alla billiga produkter från låglöneländer. Ja, listan kan göras mycket lång. Men tack för det dåliga samvetet på min resa med barnen till deras döende mormor. En flygresa som tog emot att göra, men som behövde göras i vår sorgeprocess.

Man

Jag ville bara förmedla sorgen som infunnit sig när jag insett att det i stort sett inte är någon som bryr sig nämnvärt, och att det antagligen med största sannolikhet inte kommer att finnas en värld värd att leva i när mina barnbarn är vuxna. Och vi SKA ha dåligt samvete, vi västerlänningar, vi som tillhör en global elit vars privilegier kommer att tas ifrån oss om vi menar allvar med klimaträttvisa, och vi som, både enskilda individer och makthavare, gör allt för att blunda för detta.

Kvinna

Jag har dåligt samvete så det räcker och blir över när det gäller hur min livsstil påverkar klimatet. Och ja, vi skulle behöva backa många steg i vår levnadsstandard, för att klimatet ska kunna räddas. Men det är många parametrar som måste till för att mänskligheten ska ha en chans. Människor är inte beredda att sänka sin levnadsstandard och då måste två saker till. Modiga politiker som kan ta obekväma beslut baserat på forskning och rejäla satsningar på ny teknik och vetenskap som kan ersätta det dåliga. Bara det att hela Sveriges ekonomi är uppbyggd kring tillväxt istället för kring att upprätthålla och förvalta, är ju helt absurt. Vi människor är vanedjur och väljer instinktivt den enklare vägen. Det ligger i våra gener. Därför behövs politisk motivation på strukturnivå OCH en stöttande och möjliggörande hand på individnivå. Vi behöver omdefiniera vad "hög levnadsstandard" innebär.

Kvinna

Jag känner samma sorg som du. Om vi inte ens är beredda att offra en nöjesflygresa för våra barns skull, vad är vi då beredda att offra? De flesta skulle ju svara att de är beredda att offra allt för sina barn, men det är nog bara i teorin och inte i praktiken. Tänker på filmen med lavinen, där pappan räddar sig själv men struntar i familjen. Jag har i några år nu haft tanken att det kanske är bäst om mina barn (nu i skolåldern) inte får egna barn eftersom livet kommer att bli så svårt för dem i och med klimatförändringarna. Känns mycket sorgligt. Min mor däremot, barnens mormor, sa till sina barnbarn dagen innan hon flög på solresa att hon såg fram emot när/om de får egna barn... Och då har hon hört mig prata om klimatförändringarna i 30 års tid... Jag förstår inte hur hon kan vara så dum!

Man
"The final chapter is ours to write. We know what we need to do. What happens next is up to us." (David Attenborough)

FRIDA

Anton Brink är död. Vad han dog av vet vi inte än, men självmord kan vi definitivt utesluta. På SVT Nyheter läser jag:

"Det var vid åttatiden på lördagsmorgonen som mannen påträffades livlös i sin cell.

– Tidigt i morse tittades han till och då mådde han bra, men något senare påträffades han medvetslös, säger Stefan Olofsson, Kriminalvårdens presstalesperson.

Häktespersonalen påbörjade hjärt- och lungräddning och tillkallade ambulans.

– Han fördes med ambulans till sjukhus, men hans liv gick dessvärre inte att rädda, säger Stefan Olofsson och tillägger:

– Det är en oerhört tragisk händelse. Nu fokuserar vi på att ta hand om vår personal.

Vad som ligger bakom dödsfallet får en obduktion utvisa.

– Anhöriga i ärendet är underrättade och man har inlett en dödsfallsutredning för att kunna fastställa dödsorsaken, säger Stefan Olofsson."

Har rättvisa skipats nu?

Fallet är polisiärt uppklarat och gärningsmannen är död. Anton skulle aldrig ha erkänt att han dödade Linnea och kanske inte ha blivit dömd för det heller. Att han själv har dött är väl det närmaste rättvisa vi kan komma. Men att dö är också att slippa undan, om man inte tror att vi får lida för våra synder i helvetet, vill säga, och den tron har inte jag.

Det var inte så här jag ville att det skulle sluta. Efter all tid och allt arbete som vi har lagt ner på fallet hade jag gärna hört Anton erkänna att han dödade Linnea och gärna sett honom plågas av obehagskänslor och våndas vid tanken på det som väntade honom.

Att sitta i fängelse är inget nöje. Jag har nog inte förstått riktigt vad Mats har gått igenom. Han har aldrig berättat om svårigheterna, som jag är säker på måste ha funnits. Jag antar att han har bearbetat det som var och lagt det bakom sig. Han vet ju hur man gör för att hjälpa. Men det är kanske lättare att hjälpa andra än att hjälpa sig själv. Så var det i alla fall för mig. Jag önskar att jag visste mer om hur han hade det i fängelset. I mitt diskussionsforum på nätet har ämnet kommit upp, men att få veta hur det var för andra hjälper ju inte stort.

FRIDAS FRISTAD

Man

Folk brukar ju säga att sitta i fängelse är det värsta som finns eftersom man inte har nån frihet och inte kan göra vad man vill. Men exakt vilken jävla frihet har man som heltidsarbetande låginkomsttagare då? Det är helt enkelt inte värt slitet för det lilla man får tillbaka, så jag har tankar på att ge upp. Inte så att jag är självmordsbenägen, utan drömmen är att kunna ligga i en isoleringscell och läsa bra böcker hela dagarna, bli serverad god mat 3 gånger om dagen, kanske spela lite tv-spel och studera nåt intressant (för jag tänker inte arbeta i fängelset). Jag tycker genom det man läser och hör att fängelselivet verkar fan inte vara så farligt och jobbigt som vissa vill göra gällande.

Man

Låter som att du har en aningen romantiserad bild av hur det är att sitta inne. Låt mig förklara lite hur det egentligen är. När du först kommer dit är alla misstänksamma mot dig eftersom de inte vet vem du är. Allt eftersom börjar du samtala och i viss mån umgås med de andra internerna, och i samma veva lär du dig att alla hatar dig. De skiter fullständigt i dig och ditt välbefinnande. Minsta felsteg kan få otroliga följder. Finns ingen som ställer sig positiv till någonting där inne. Sen börjar du bli likadan själv. Hatisk. Du hatar samhället, hatar kåken, hatar plitarna, hatar snuten, hatar de andra internerna.

Man

Om man tror som många svenssons tror, att det är rena rama

semestern och en dans på rosor att sitta inne så är man helt ute och cyklar. Miljön på slutna anstalter är i regel jävligt tuff. Man blir stressad och misstänksam mot alla och litar inte på en käft. Ligger på en maxad stressnivå dygnet runt och kan aldrig riktigt slappna av. Ibland hamnar man på isol eller blir knallad, så fy fan, ingen mer volta för mig.

Man

Åker man in så är det inte mycket att göra åt saken, det är bara att gilla läget, det hjälper inte att gråta eller skrika eller slå sönder saker i cellen. Jag gjorde så att jag bad dom att inte servera mig frukost så jag kunde sova fram till 12, tills lunchen kom. Sen låg jag och tänkte, funderade på vad alla ute gjorde, tränade lite i cellen, funderade över mitt försvar i rätten. Jag tog aldrig några promenader heller, skulle bara sakna himlen och luften när jag måste lämna. Så under hela häktningstiden tog jag aldrig en enda promenad. Jag stannade i cellen och gick enbart ut till förhör, samt när jag fick duscha. Att ställa sig i duschen och helt och hållet glömma bort allt sjukt var så jävla skönt. Det jag fördrev tiden med var att skriva brev till alla jag känner. Vissa saknade man ju helt enkelt, andra skrev jag brev till för att be om ursäkt för saker jag kanske inte borde ha gjort mot dom (tex behandlat ett x illa eller så).

Man

Det beror kanske på hur missnöjd med livet man är, men så illa kan det väl ändå inte vara att du hellre än att ha din frihet ligger i en fängelsecell och läser? Dock kan jag säga direkt att du har rätt i att livet i svenska fängelser inte är så farligt. Visst, det är tråkigt till och från, men det är inte världens undergång. Tiden fördrivs med klassisk poker och mulle och nån enstaka biljard- och pingisturnering. Det som dock inte gör det värt det är att man saknar sin frihet. Visst har livet sina tunga stunder och begränsningar (brist på tid, ork, pengar osv), och du tycker kanske att det är jobbigt och att fängelset lockar, men hamnar du på en sluten anstalt kan du inte räkna med att bara få gå omkring och glassa.

Man
Att bli grovt misshandlad i ett fängelse i Sverige e vanligt förekommande, särskilt om du e snabbknullare, peddo, golbög eller liknande. Det blir ju en del blodspillan inom kåkarnas väggar, inget tvivel om det. Ett falskt rykte kan trigga igång vad som helst, vilket gör att du aldrig går säker.

Man
Sköter du ditt och inte skaffar skulder eller spelar allan så är risken liten att nån jiddrar med dig. Även om ingen ger dig en välkomstfest när du anländer, så är det ju inte så att du får en kuk i röven första natten direkt. Om nån ändå börjar jiddra med dig och du märker att det är mer än bara att han testar dig så slå till först och fullfölj ordentligt. Bättre att bli knallad än spöad och förnedrad.

Man
Satt i sektion D på Kumla, det var hyfsat chill, nästan som semester. Kan klart rekommenderas att göra småbrott om du inte vill sova ute under vintermånaderna.

Man
Ha ha, jag tar ditt inlägg med en STOR nypa salt!!! Du har

aldrig satt din fot på en anstalt, i synnerhet inte på nån av de tyngre! Du snackar som en liten "kåkwannabe" som på sin höjd suttit på Asptuna eller Beateberg och tyckt sig vara jävligt tuff och cool. Jag satt på Hall, och ingen, fatta INGEN där, tyckte det var "chill"! Varenda en som sitter på en lång volta, och i synnerhet på en A-anstalt, hatar varenda jävla minut av det. Du skulle skita på dig om du satt på en avdelning på Kumla! Bara genom att vara så enfaldig att du säger att det är "chill" att sitta på Kumla visar hur långt från verkligheten du är. Det enda man gör efter en volta där är att försöka glömma och se framåt. Aldrig att jag råkat på någon som suttit på en A-anstalt som tyckte det var "chill". Det ger jävligt mörka associationer och du skall vara jävligt glad att du inte råkar på en som gått igenom en volta på dessa fängelser.

Man

Jag tycker att det är mycket trevligare att sitta på riksanstalt, mindre bråk och mindre tjafs, folk ska ju "bo" ihop under mycket längre tid än på en öppen anstalt, därför tar alla på sig ett mycket större ansvar när det gäller att samsas och komma överens. Ett bråk varannan vecka är rent allmänt fett mycket bråk, på Kumla och Hall kommer man inte i närheten av så många bråk. Jag har gjort ca 5 år effektivt på riksanstalter i Sverige och det har varit MAX 10 ordentliga bråk under den tiden. Riksanstalter, och särskilt Hall, är klart de lugnaste anstalterna jag suttit på.

Man

Kan berätta hur det var när jag kom in (inställde mig själv). Direkt när folk såg att jag stod i centralvakten och skulle in så började allt ifrån svenska tjackgubbar till baxarblattar från förorten komma fram och snacka och fråga grejer. En gubbe i 60-årsåldern började leda mig runt och visade var min avdelning låg, fett trevlig gubbe som till och med fixade fram käk åt mig. När jag kommer ner på avdelningen och har ställt in mina grejer i cellen är första frågan jag får om jag röker brass, och sen bjöd en snubbe på en holk och lite godis. Efter några dar träffade jag nåra snubbar som var bekanta med vänner till mig, och de erbjöd mig att flytta in på deras paviljong. Sen flöt det mesta på förutom ett tjafs jag hade med en somalier. På tre månader var det i snitt en fajt varannan vecka på sin höjd. Låter ju smått idylliskt kanske (finns en anledning till att klass 4 kallas för kollo) och på Hall och Kumla är det nog inte lika hjärtlig stämning, men grundregeln gäller ändå. Håll dig på din kant tills nån erbjuder dig att hänga med på en holk eller till gymmet osv och försök inte spela farligare än du är eftersom det rätt lätt genomskådas.

Man
Glöm inte plitarna. Det finns förvisso en hel del plitar som vill väl, men samtidigt är det inte så jävla svårt att framstå som schysst inför nån som krälar så långt ner det är möjligt att komma, berövad all makt (utom möjligheten att kanske nita en annan stackare i samma sunkiga situation). Vissa plitar är schyssta, andra är dryga. Men oavsett vilket så ska du ALDRIG bli polare med dom, och det är för din egen skull. Oavsett om du bara försöker vara vänlig så får du det alltid i ryggen om det kommer ut. Det är alltid dom intagna vs plitarna, inga undantag. Snacka inte med dom, fråga det du vill veta och svara på deras frågor men inget mer. Det gäller även i fängelset. Sitter man på en sluten anstalt och ska fråga en plit något, så tar man alltid med sig någon annan intagen in på deras

kontor, eller så frågar man dom ute i korridoren framför dom andra intagna. Annars kommer du garanterat att misstänkas vara en tjallare även om du inte är det. Du ska heller inte socialisera med dom, även om vissa korttidare gör det ibland. Finns det snygga kvinnliga plitar så flirta med dom i matkön framför resten av grabbarna, men håll inte på och försök bli polare. Då är du körd, och rykten sprider sig snabbt mellan anstalter.

Man
Sommarvikarierna som kommer in när ordinarie plitar är på semester är oftast unga studerande, ofta unga snygga tjejer med behov av att bli bekräftade av farliga pojkar, det är inte alls ovanligt. På Hall jobbar världens snyggaste brud, och jag måste medge att hon är trevlig också. Man ska väl inte säga att man tycker bra om en plit, men hon är faktiskt riktigt schysst, he he!

Man
Ett litet råd till trådstartaren: Skaffa dig ett vettigt liv med en vettig sysselsättning och en handfull polare med pannben som inte slutar i nacken. För gosse, att sitta inne är så jävla värdelöst så du anar inte om du inte varit där. Och tror du inte att det är särskilt illa i fängelset så är ditt liv utanför så jävla miserabelt att du lika gärna kan gå och skjuta dig.

FRIDA

Hjärtstopp. Anton dog av plötsligt hjärtstopp. Det visar obduktionen. Men vad som orsakade det har inte gått att fastställa.

Vid ett plötsligt hjärtstopp finns det ofta inga varningstecken. Stoppet kan komma som en blixt från klar himmel. Den normala hjärtrytmen övergår i ett så kallat ventrikelflimmer och hjärtat slutar omedelbart att pumpa blod. Syretillförseln till kroppens samtliga organ upphör och den drabbade förlorar puls, medvetande och andning.

Ett hjärtstopp är en katastrof för hjärnan, som är beroende av syresatt blod. Om den drabbade ska överleva måste hjärtrytmen återställas inom ett par minuter. Risken för död ökar med tio procent för varje minut som går innan behandling med HLR eller hjärtstartare sätts in.

Men Anton var ensam när hans hjärta slutade slå. Ingen såg vad som hände. När han hittades var det redan för sent.

Detsamma gäller för offret i nästa dödsfallsutredning som vi nyligen har påbörjat. Men den här gången handlar det om ett oskyldigt barn och inte om en kallsinnig lögnare och trolig mördare. Ärendet rör en femårig pojke som har påträffats död vid en sjö i närheten av hemmet. Det var en anhörig som hittade honom. Pojken hade sagt till sin mamma att han skulle gå ut i trädgården och leka. När hon en stund senare ropade på honom var han borta.

Vad som hänt är för tidigt att säga. Vi undersöker omständigheterna kring dödsfallet för att utesluta att ett brott har begåtts. I nuläget är brottsrubriceringen vållande till annans död, vilket är rutin och bara betyder att vi behöver en rubricering för att kunna jobba vidare med fallet.